不须开口问迷楼

李郁葱 著

山西出版传媒集团
北岳文艺出版社
·太原·

图书在版编目（CIP）数据

不须开口问迷楼 / 李郁葱著 . — 太原：北岳文艺出版社，2022.6
ISBN 978-7-5378-6550-0

Ⅰ . ①不… Ⅱ . ①李… Ⅲ . ①随笔 – 作品集 – 中国 – 当代 Ⅳ . ① I267.1

中国版本图书馆 CIP 数据核字 (2022) 第 074166 号

不须开口问迷楼

李郁葱◎著

著　者
李郁葱

出 品 人
郭文礼

策　　划
左树涛

责任编辑
左树涛

书籍设计
张永文

印装监制
郭　勇

出版发行：山西出版传媒集团·北岳文艺出版社
地址：山西省太原市并州南路 57 号　邮编：030012
电话：0351-5628696（发行部）　0351-5628688（总编室）
传真：0351-5628680
经销商：新华书店
印刷装订：山西新华印业有限公司

开本：850mm × 1168mm　　1/32
字数：154 千字
印张：8
版次：2022 年 6 月第 1 版
印次：2025 年 1 月山西第 2 次印刷
书号：ISBN　978-7-5378-6550-0
定价：42.00 元

序：历史的重瞳

李郁葱

许多年前，还是我在中学阶段，上午第四节课才开始，我便坐不住了，这一堂课的四十五分钟成了煎熬，我早早地盼着下课铃声的响起。如果碰到意犹未尽的任课老师，那才是一件糟糕的事，每一秒钟都变得无比漫长，就像失眠的人倾听水滴屋檐时的那种冗长和郁闷。终于下课了，我以百米冲刺的速度往家里赶，终于，我听到了这一天评书连播中的后半截。故事缓缓地在那里流着，我还能够把它和昨天的情节丝丝入扣地连起来。

今天，许多年过去了，少年时的狂奔成为遥远的记忆，昔日的痴迷也逐渐显得暧昧和模糊不清了。到底是哪一出故事呢？有时候我这样纳闷：什么故事有如此魔力激起我们灵魂如许的风暴,并让它在狂奔中得以稀释？《杨家将》《说岳》《说唐》……直到现在，我也没有把那个说书的单田芳是男是女搞清楚。他的声音蛊惑着我们，有点儿像男的，也有点儿像女的。谁晓得，连梅兰芳都会是一个蓄须的男人！

这些古老的说书话本现在都以精致的装帧纷纷面世，但我已无阅读的兴趣了。在后来的日子里，我终于发现这些话本之间相互的模仿和惊人的一致性，这或许是我们这个民族在想象力方面的枯竭和因循。关公战秦琼绝非一个笑话，名字是可以替代的，而故事在无限中增殖。同一个故事的情节将被克隆成无数类似的故事的风景，每一个人在另一部书里以另一个名字出现：像博尔赫斯诗中所慨叹的一样，这个就是那个。程咬金（《说唐》）可以是牛皋（《说岳》），也可以是焦赞（《杨家将》），可以是胡大海（《明英烈》），也可以是……（各类传奇）。这样的类似在蔚为壮观的同时可以看出想象力的贫瘠和骨子里的虚弱。

出于对历史的兴趣，我找了大量的读物，其中对弗雷泽研究巫术与宗教的《金枝》，黄仁宇的《万历十五年》，孔飞力的《叫魂》，等，感触尤深。所谓历史，它就在时间那里，可以呈现出一二三四五等侧面。我们在阅读历史时，往往只看到其中自己想选择的那些侧面，这和个人的认知有关，出于视野和受到过的教育。互联网时代，要得到二手三手的资料实在是太容易了，但要辨别其中的真伪却实在不容易，很多都是在想象中所创作的。

但在这样资料的堆砌中，如果我们有心，我相信那些经脉足以让我梳理出别致的岁月沧桑。我相信，一个人阅读习惯的形成和他的其他品质的形成，一样需要时间和经验，而最不需要的恰恰是品味。任何故事的讲述总有它产生的道理。

第一篇写的是张宪，完全是出于意外。但没想到的是在这篇之后，突然对历史中的一些“次要人物”产生了兴趣。这些人常常处于边缘，或被遮蔽，或被曲解，或被虚构。但如果站在历史的那一边，他们在当时曾经具有巨大的声名，并在一定程度上推动着历史的车轮。当然也有例外，比如说我的乡党黄宗羲，比如说现在成为热点人物的徐霞客。但细细推究他们的人生，总觉得在我们已知的人设之外，他们有着我们认知的空白，而这是我写作的动力。

是什么改变了他们的面目？在对现有的史料经过个人解读后，在相互印证和叠加的基础上，我想从个人视角重新诠释历史中的个体和群体的命运，用时间的碎片拼出完整的人物图景。体现在这本书里的形象，便依然是这些人的素描。但和以往的那种非白即黑的形象不同，这本书中所描述的人物，除了极少数意志坚定如磐石的，大多数都是在矛盾中过完了一生，无论是在唐朝、宋朝，还是在明朝……

史书也好，演义也罢，我们习惯给历史人物以身体上的异相，比如说刘备的手长过膝（真有这样的人简直就是猩猩了），比如说司马懿鹰视狼顾，更为普遍的异相如重瞳。所谓的重瞳，就是一个眼睛里有两个瞳孔。在上古神话里，有重瞳的人一般都是圣人。按照传统相术的说法，重瞳是帝王圣贤的异相。在历史上记载或者传说中，具有重瞳的人有虞舜、仓颉、项羽、朱棣、重耳、吕光、刘崇、明玉珍、鱼俱罗、李煜……

这些人的人生，仿佛生下来就已经开挂。但现在的医学认为，重瞳可能是瞳孔有痣被误认为有两个瞳孔，甚至有可能就是白内障。

我们是历史的参与者，我们也是历史的旁观者。

目录

不须开口问迷楼

——闲读历史之李绅

瘴烟长暖无霜雪，槿艳繁花满树红。
每叹芳菲四时厌，不知开落有春风。

——李绅

一

传说中李绅是有着截然不同的双重性格的人。

当时的大诗人白居易和李绅是惺惺相惜的好友，和白居易相比，李绅在后世的名声大致走向两个极端。一是他和白居易、元稹等人倡导和发扬新乐府，以《悯农》等为代表的诗中表现出来的情怀。一是当官后的极奢穷侈。

这些故事大抵为世人所熟知，但细细去分析，却又往往会有不以为然之意，就像颇受后世攻讦的元稹一样。元稹的爱财如命一方面出于他的性格，另外也和个人的经历有关。

李绅的极奢穷侈多少有点莫须有，至少是被故意放大的，这个我们后面慢慢说。

李绅是世家子弟，字公垂，曾祖李敬玄曾任职中书令，772 年出生于现在的湖州。当时这座江南小城有个现在读来有点奇怪的名字，叫乌程，他父亲是乌程县令。他出生后的生活有点凄惨，六岁时他的父亲乌程县令李晤就过世了，说是家道中落并不为过。李绅的母亲卢氏承担起了教他识字读书的任务。可想而知卢氏是大户人家出身，女子无才便是德的年代，她有才有德。

一个人的童年和少年教育的烙痕，会带入到他成年以后的世界里，会成为他在这个世界里的一种内心秩序。坏人变老了和好人变老了是同样成立的。我们常常会见到一些刚愎自用的人和所处的时代脱节。但事实上他活在另外一个隐形的时代里。

也许是营养不良吧，李绅个子很矮，属于浓缩型的，江湖人称“短李”。这“短李”文采风流，短反而成为一个醒目的标志，短并不妨碍他后来与李德裕、元稹并称“三俊”。《新唐书》中说李绅：“为人短小精悍，於诗最有名，时号‘短李’。”《旧唐书》中说：“绅形状渺小而精悍，能为诗歌。”

李德裕和元稹这两个人，尤其是李德裕，牛李党争中的一方大佬，是李绅仕途的贵人，也是李绅仕途坎坷的缘由。因为李绅的一切都被烙上了李党的印痕，风起时扶摇直上，风止时垂直下坠。

人的一生中，有些相遇也许是注定的。一开始你以为它很美丽，但事实上这种相遇犹如一条毒蛇盘踞在胸口，稍不留神便会被噬咬，比如李绅和李逢吉。按照后世传说中的线索，说李逢吉偶然间的举动成就了李绅的《悯农》三首并不为过，而这个故事的开始也是友好的。

这个故事我也是偶尔看到，说李绅二十七岁中进士（事实上当年李绅是落第的），李逢吉和他同榜。之后数年，李绅是清贵的翰林学士，李逢吉是浙东节度使（这官也升得太迅速了）。这一年夏天，李绅回老家亳州探亲，恰好逢李逢吉路过。这样的邂逅自然是欣喜的，两人携手登临城东观稼台。顾名思义，观稼台就是能够看得见田野的高台。

其时李逢吉正是意气风发之时，远望长安，云影渺渺，李逢吉感慨："何得千里朝野路，累年迁任如登台。"言下之意自己在登云梯上蹿得还不够快。李绅此刻却关注着另一件事，他所看见的是在田地里劳作的农夫，他们被束缚在了灼热的阳光里备受煎熬，一首流传千古的小诗就此诞生："锄禾日当午，汗滴禾下土。谁知盘中餐，粒粒皆辛苦。"

李逢吉还是识货的，对这样一首微言大义的诗，他当然是大声喝彩。李绅意犹未尽，他的思绪还沉浸在自己的天地里，总觉得还要有所表达，在沉思间他又写："春种一粒粟，秋收万颗子。四海无闲田，农夫犹饿死。"

写得无心，不过是表述了一种社会现象，而听者却有意。你讽刺的是朝堂，那宝座上的至尊和朝堂诸公听到后会是何等愤怒，这岂不是我邀功的好机会？

文字狱的产生大抵如此。到了北宋时候，苏轼任杭州通判时，不过是写了类似“小儿无赖”这类的文字，都能被攀诬成讥讽新法而遭贬。到了“清风不识字，何故乱翻书”的时代，就更加不讲理由了。这些都像是历史深渊中的回响，它们一直回荡在我们的耳旁。

让李逢吉如获至宝的第三首《悯农》，也就是“垄上”，在非常长的一段时期里，这首诗属于一段公案。在往后很多年的传说中，人们知道有这么一首诗，但不知道它到底写了什么，也不清楚它为什么会被李逢吉利用。

直到近代，在敦煌石窟的唐人诗卷中，人们发现了这首诗，比前两首更加大胆和直白。诗是这样的：“垄上扶犁儿，手种腹长饥。窗下织梭女，手织身无衣。我愿燕赵姝，化为嫫女姿。一笑不值钱，自然家国肥。”

李逢吉带着赞赏的表情看着吟诗的李绅，那一刻，阳光把矮小的李绅的影子拉得长长的。李逢吉拿着李绅的诗，以学习的名义，而悄无声息中的恶意像一片阴影游弋，在长安城的海底暗礁中，犹如捕猎者盯紧了猎物。李逢吉拿着这页纸要去向武宗皇帝邀功,这首诗是打开青云梯的钥匙。“短李”在那一刻，差点承担后世和他一样五短身材的宋江题写反诗的后果，好在武宗并不责怪。事实上，在大乱初平的当时，民不聊生的场景处处可见，高居于庙堂的武宗对此有着自己的体会，他甚至给李绅升了官。

但如果我们仔细斟酌分析，这个有根有据的故事大抵是虚构的。李绅和李逢吉有交集，作为同时代的文人，两人肯定有相互的欣赏，也有相互的伤害，就像后来李绅和韩愈的关系一样。但在这个时候，两人都还在为各自的前程努力，他们所从属的党派阵营还没有真正形成。

一首诗，让一个人坠入深渊是有可能的，让一个人青云直上则几乎是神话。李绅之前的诗仙李白用自己的经历诠释了这一点。皇帝再昏庸，但处于他的位置，在食物链的顶层，也不会凭着一些文字来推断一个人的能力，并赋予他管理国家的重任，最多就是把他当作一个吉祥物、一种摆设。

一切只是民间公众所喜闻乐见的臆想，“朝为田舍郎，暮登天子堂”，几乎是一个神话。纵观历史，除了极少数奇葩时代（但那些记载有没有可信性也值得商榷），一个看起来破绽百出的政治架构，实际上都有其隐秘的秩序。这也是诸多底层起义后会迅速覆亡的深层原因：缺乏一个可以让社会正常运作的机制。

可以推断并肯定的是，《悯农》三首大体是在李绅二十七岁前后所写。第三首因为它的讽刺性可能当时就被封杀了，直到很多年后因为意外才重新浮现出来。

时间让一切变得模糊，就像迷宫，但终究有一些可以探究的东西。我们说到《悯农》时一般都说两首，而第三首的出现使李绅的故事更显扑朔迷离。

二

到了 804 年，李绅再度赴京赶考，有时候命运会有定数，他依然没有考中。唐朝的科举制度设计得非常复杂，这里我们不展开说，就按照史学家钱穆论及唐代科举时的定义简略普及一下。唐进士及第后，便有做官资格了。至于实际分配任用，则须经过吏部之再考试，所考重于其人之仪表及口试，及行政公文等。大抵礼部考的是才学，吏部考的是干练。又因吏部有进士、明经诸科，故此制又称科举制。

对这些说法，感兴趣的可以自己去考证一下。但“短李”这回赴考，在之后的人生道路上找到了志同道合的友人，也就是大名鼎鼎的元稹。

其时，元稹正好在写传奇小说《莺莺传》，这也是对他自己行为的一种隐晦的辩解。张生旅居蒲州普救寺时，恰逢当地发生兵乱，血气方刚的张生出力救护了同寓寺中的远房姨母郑氏一家。事了，在答谢宴上，年轻的张生对表妹莺莺一见倾心，通过婢女红娘传书，两个人的情感几经反复，终于花好月圆。后张生赴京应试，未中，滞留京师，与莺莺情书来往，互赠信物以表深情。但张生不知道吃错了什么药，或者是听了哪位道德先生的经，把自己科举未中怪到了莺莺头上，终于变心，认为莺莺是天下之“尤物”，认为自己“德不足以胜妖孽”，只好割爱。一年多后，莺莺另嫁，张生也另娶。一次张生路过莺莺家门，要求以表兄的名义相见，遭莺莺拒绝。

整个故事像是一曲哀婉伤感的抒情诗，中间穿插着的一些小诗颇为点睛，如最后张生辞行时所写："弃置今何道，当时且自亲。还将旧时意，怜取眼前人。"元稹大概是为自己辩解，做了错事要补过，而他认为自己和莺莺的恋爱是种错误。

在这篇传奇的结尾处，出现了李绅的身影。"贞元岁九月，执事李公垂宿于余靖安里第，语及于是。公垂卓然称异，遂为《莺莺歌》以传之。崔氏小名莺莺，公垂以命篇。"

事实应该是，对元稹所写的前面的故事李绅读后大为赞叹。这故事里有元稹自己的影子，分享友人间的隐秘有时候能够加深友情。李绅为《莺莺传》作《莺莺歌》，后来保存在《西厢记诸宫调》中。

这一次认识元稹，对李绅而言，还扩展了他自己的朋友圈，比如白居易，比如刘禹锡，等等。这些灿若星辰的名字在当时都是具体的人，并且都有快乐和痛苦的事，嬉笑怒骂，而抱团取暖可以想见，当时他们都处在自己人生的开始阶段。

中进士是两年后的事，元和元年，也就是806年，李绅中进士第，补国子监助教，这是一个比较清贵的岗位。事实上，很多我们熟知的唐朝历史人物的仕途起点都在国子监。但李绅不乐意了，还表现得非常有性格："不乐，辄去。"年轻时谁会没个脾气啊。尽管李绅早已过了而立之年，但内心有着万马奔腾，他跑回江南去看小桥流水了。

我个人觉得，李绅这一段个人史上的空白非常有意思。

当时安史之乱造成的影响还在余波荡漾，朝廷政局中的混乱估计让李绅觉得无法展现自己的抱负，所以他决定退。这种退有时候也是一种策略，一条终南捷径。我们现在很难明了李绅当年的想法，但终究他挥手告别了帝都。

也许是“短李”的江湖名声太大，当时的金陵节度使李锜闻讯大喜。这是一个有想法的节度使，大概是被安禄山他们的王霸之气传染了，他的小算盘挺多。“短李”降临，李锜想的是，这样的名士都能自投罗网，是上天眷顾自己，而自己是天命所归，这怎么可以错过呢！金陵节度使李锜差不多是三顾茅庐，我们可以脑补一下，李锜对李绅，有欣赏，也有仗势的那一面，他半胁迫半虔诚地拉李绅上了船，当了自己的“书记”，就是幕僚长，智囊。这多半是做给外人看的，要的是礼贤下士的声名。

识人才，重人才，看起来很和谐。但李绅很快发现，李锜不是一个有操守的官吏，更像是一个黑帮老大，而且野心膨胀。李绅试图去劝说李锜。一个权力欲极端旺盛的土皇帝怎么听得进去，拉人上船不过是用名士装点门面。

后面发生的一件事彻底让李绅认识到世道的险恶。

出于种种考虑，也许是有传闻，或有人暗中上书，但又没有实证，协调的结果，朝廷决定征召李锜入京，名义上当然是官升一级。就当事者而言，入京的利弊都很明显。如果没有野心只想安享富贵，入京当然是很好的选择。李锜不想去，说自己生病了。但除了长安，金陵城里也有人想李锜去，比如他的副手王澹。可能王澹早就对节度使的位置垂涎三尺，也可能是对李锜这样一个强势的上级心有不满，也可能就是脑回路与众不同，王澹早早地开始给李锜张罗着送行。但奈何李锜不想走啊，这个就是触犯了领导的逆鳞了。

李锜一发火，后果很严重。他让人暗杀了王澹，杀了还不解恨，把死了的王澹切成碎块煮熟吃掉。我们可想见这恨有多深。

然后，李锜想到了一招，就是裹挟民意。他找上了李绅，让李绅给朝廷上表，用锦绣文字，以人民的名义挽留（这种拙劣的把戏在历史中屡见不鲜，可见利令智昏有它顽固的市场），恳请朝廷继续让李锜担任金陵节度使。李绅的风骨在这时得到了一次集中体现，并且从中可看出他的智慧。李绅先是假装害怕写不成字，把笔掉地上或把纸涂污，如是一而再，再而三，后来看看实在装不下去，索性点破了说，你杀了我吧，这表我没法上。

李锜不可能成事，这是李绅内心所认识到的。光脚的不怕穿鞋的，李锜见刀斧加身的威胁也没用，只好把李绅先囚禁起来再说。这个时候，我们可以看到在唐时名声的重要性，暴虐的军阀李锜可以吃人肉，却不杀李绅，怕自己被社会唾弃。

其实李锜是连造反的资格都没有的，一方面他没有这个能力，另外一方面大乱之后人心思定，谁愿意跟着他去编织虚妄的梦？他的结局可想而知。李锜被诛杀后，李绅才得以脱身。要说这李锜，也有趣，死前没拉个垫背的，也许是措手不及。

三

在老家无锡读了几年书，到 809 年，李绅又回到了长安，给他的官职是校书郎。这一次在长安，他声名大振，和元稹、白居易等志同道合者共倡新乐府诗体（史称新乐府运动），有《乐府新题》等诗流传。

《乐府新题》据说影响了元稹当时的写作，但很遗憾的是，《乐府新题》也已散佚，这不得不让我们失望。究竟是什么原因让李绅的诗遭受这种散佚？也许，人有人的命运，诗也有诗的命运。

倒是白居易写过一首叫作《编集拙诗成一十五卷因题卷末戏赠元九、李二十》的诗来调侃元稹和李绅两人，这是他们之间友情的见证。

> 一篇长恨有风情，十首秦吟近正声。每被老元偷格律，苦教短李伏歌行。世间富贵应无分，身后文章合有名。莫怪气粗言语大，新排十五卷诗成。

唐人的排行是从祖父开始算起的，所以朋友们叫李绅李二十，他是出生时在家中男丁里排到二十。白居易给李绅写过很多诗，比如《醉送李二十常侍赴镇浙东》：“靖安客舍花枝下，共脱青衫典浊醪。今日洛桥还醉别，金杯翻污麒麟袍。喧阗夙驾君脂辖，酩酊离筵我藉糟。好去商山紫芝伴，珊瑚鞭动马头高。”好像在李绅人生的很多阶段,白居易都有赋诗。

到 819 年，李绅升为右拾遗，而前面故事里的翰林学士直到 820 年才担任。在唐时，翰林学士通常是皇帝的心腹，常常能升为宰相。担任翰林学士时李绅也快到了知天命之年，此后他的仕途一路开挂，相继任御史中丞、户部侍郎等要职，算是大器晚成。

但客观地去看，李绅是李德裕的好哥们儿，自然打上了李党的烙印，而李党对他的仕途影响甚大。李党得势时，李绅当然是青云直上，而李党失势时，李绅少不了坎坷颠沛。但有趣的是，李绅的几个好友如白居易、元稹等人，他们分属牛李两党，具体来说，元稹、李绅属于李党，白居易大抵可归为牛党。但他们几个好友间有这种默契，你属于哪一边的我们不管，酒中乾坤大，哥们儿是哥们儿，政治是政治，而个人的际遇浮沉，可伸手相助时便出手，不便时保持沉默，至少不会落井下石。

这种相处让人看出唐朝时人们那种海纳百川的宽阔胸襟。

到了 824 年，随着李党失势，李绅被贬为端州司马。此后一直到 830 年，李绅辗转于江州刺史、滁州刺史、寿州刺史等宦途。

到了 833 年，李德裕起复为相，李绅否极泰来，任浙东观察使。836 年，转任河南尹（管理东都洛阳的长官），后又任汴州刺史、宣武军节度使、宋亳汴颍观察使。

840 年，李绅任淮南节度使，后入京拜相，同中书门下平章事，继又晋升为尚书右仆射、门下侍郎，封赵国公，居相位四年。

844 年，七十二岁的李绅在中风后辞位。后又出任淮南节度使和河南尹。846 年病逝扬州，终年七十四岁。

这是李绅五十岁以后的人生简历，我们从这些文字中能够看到当时政坛的浮光掠影。现在，让我们的视线先回到党争喧闹的长庆年间。

李绅的被贬是一出充满政治阴谋的大戏。

牛李党争的残酷在于朝云暮雨，而且杀人不见血。李逢吉搬倒元稹、挤走李德裕后，想推举牛党的旗杆人物牛僧孺入朝为相。但当时刚烈敢言的李绅还在朝，李逢吉用阳谋设计了个圈套，你李绅不是脾气耿直嘛，我给你找个性格和你一样暴烈的来打擂台。

李逢吉给李绅配置的对手是韩愈，对，就是那个昌黎先生韩愈，他也是个性格执拗之人。那个时候，白居易和韩愈也不对付，到了晚年，韩、白两人才冰释前嫌。

在李逢吉的阳谋推动下，韩愈返京出任京兆尹（管理京城一带的政务、治安），还兼任御史大夫。这样韩愈和李绅两个人就很容易杠上了。脾气急躁的人，往往容易偏执。韩愈和李绅，后人去看，并没有实质性的矛盾，甚至在文学大方向上也有一致性，但就是莫名其妙地对上了，还互不相让，而得利的渔翁正在后面偷偷笑。

到了后世，韩愈是一个正面的形象啊，仰之弥高的“一代文宗”。和他相比，李绅有点不够看了，和韩愈作对的自然就是奸佞小人了。

历史中的韩愈反对朝堂对佛事的虔诚，也反对在奢靡中迎奉佛骨。在这一点上李绅和韩愈也是殊途同归，有一个故事可以反映出李绅的思想。

李绅在被贬为瑞州司马后赴任途中要过康河。康河水浅难以行舟，但圣命难违。能否在规定的时间到达地方，这不仅仅是态度的问题，也容易授人以柄。当地传说康河涨不涨水要看龙王的意思，让李绅去拜祭一番。李绅不信这个邪，在龙王塑像前写下：“生为人母，犹怜其子，汝今为龙母，不独不怜一方子民，反效尘世贪官恶吏刮民骨髓，岂不耻为龙乎……倘不，吾当上表天庭，陈尔劣迹，定伐鳞革甲，汝不惧雷霆耶？”

当地人都吓坏了，生怕龙王降罪于他们。但说来也奇怪，恰巧此时，汹涌的大水从祠后滚滚而出，片刻之间，康河成了十几丈宽深不见底的大河。

这个故事的真假我们无从得知，但凸显的是李绅的性格，和他对神鬼之说的不在乎。唐人的思想大抵都比较健康，他们对神秘的事物感兴趣，但对神明都抱着平等的态度。李绅的好朋友白居易当杭州刺史时，到皋亭山祈雨时写的祭文同样如此（详见本人所撰《江南忆，最忆白乐天》一书）。

韩愈和李绅，这样两个性格相近的人，尤其都是固执己见的人，坚守自己的理想，要成为朋友很难，但成为敌人其实也很难。他们的争吵说起来就是因为一件小事。韩愈作为京兆尹上任，首先要去御史台拜见御史中丞李绅。这是一种约定俗成的礼仪。但韩愈除了京兆尹的头衔外，还兼御史大夫。

为什么说阳谋？就是这个，韩愈和李绅的官职像绕口令一样套圈圈，韩愈恃才傲物就没去参见李绅。李绅认为韩愈看不起自己，一怒之下就频上奏章弹劾韩愈。韩愈也自恃有敕书说不用参见。这在当时一下成为官场八卦。然后双双被训斥，而政治的肮脏在于它的无所不在，它是一种生活的本能，然后用本能去玩弄试图掌握它的人。“绅、愈果不相下，论诘往反，诋讦纷然。”

终于，李绅被一贬再贬，一直贬到广东端州做司马。司马是地方小官，和长史合称“上佐”，并无具体职任，也不亲实务，所以白居易称这类官为“送老官”。

说起来有趣，李绅和白居易就是难兄难弟。从这点上去说，白居易的“江州司马青衫湿”又何尝不是写给李绅的。

但高位对男人而言就是上好的春药，一个个都像扑火的飞蛾。这和智商无关,和情商也无关,有的就是对自己的定位。

很多事，我们应该从另外一面去看，或站在主角的立场去看，比如成语司空见惯的产生，是出于刘禹锡的诗句，这诗是写给李绅的。需要说一下的是，李绅和刘禹锡也是长安城里经常在一起混的好哥们。有首诗叫作《赠李司空妓》，李司空就是李绅，诗是这样的："高髻云鬟宫样妆，春风一曲杜韦娘。司空见惯浑闲事，断尽苏州刺史肠。"这首诗说的是刘禹锡到李绅家赴宴，李绅招来家妓歌舞助兴，刘禹锡被其中一个女子深深吸引。这女子让他心生向往，一颦一笑无不吸引他的视线，于是写此诗表达倾慕之心。

李绅看到刘禹锡这首诗，莞尔一笑，就把这个家妓送给了他。在当时，这无疑是段佳话。政敌所非议的，其实也不是他们的生活作风，当时风尚如此，那些说话的人自己可能有过之而无不及。他们只是隐晦地说李绅生活的豪奢，豪奢就有贪墨的可能性，尤其是高官。打倒一个对手首先要从舆论上压倒对手。

这就像让韩愈和李绅对垒的那个迷局，两个文人都在不知不觉中当了棋子，而棋手隐藏在真相之后，我们无法去解开其中的奥妙。在白脸和红脸之间，人们总归要给当事人分配一个色彩鲜明的面具，以表达自己的爱憎。

四

和李绅相关的故事留下的很多，有些自相矛盾不合逻辑，有些又匪夷所思荒诞不经。比如那个近年传播甚广，但不见诸正史的吃鸡舌的故事，说李绅一顿饭的饭钱就多达好几百贯甚至上千贯，每顿饭都要杀三百多只鸡。他家院子后面宰杀的鸡堆得像座小山。

这个说得有鼻子有眼的故事基本属于臆想。我们可以按照正常的情况去考虑整个事，当然也有可能有时在非正常的情况下，但人们大体总是处于正常情况。最近看个资料，说这个故事属于网络时代的移花接木，大概发生在20世纪90年代，原本是从明清小说中敷衍出来的段子。但以讹传讹，不知道为啥就戴到李绅的头上，现在几乎让人以为是真的了。

我们先说几个史书上有记载的关于李绅之恶的故事。

在唐末范摅所撰笔记体小说集《云溪友议》中，记载着这样一个故事。李绅发迹之前，经常到一个叫李元将的人的家中做客，每次见到李元将都称呼“叔叔”。李绅发迹之后，李元将因为要巴结他，主动降低辈分，称自己为“弟”，为“侄”，李绅都不高兴。直到李元将称自己为“孙子”，李绅才勉强接受。

关于李绅的薄情还有一个故事。崔巡官与李绅有同科进士之谊，有一次去拜访李绅，刚在旅馆住下，其仆人与他人争执。李绅将那相斗两人都处以极刑，并派人把崔巡官抓来，打了二十杖。

又说李绅为官酷暴，当地百姓常常担惊受怕，很多人渡过长江、淮河外出逃难。当下属向他报告本地百姓逃走了不少时，李绅漫不经心地说：“你见过用手捧麦子时的景象吗？饱满的颗粒总是在下面，那些秕糠随风而去，秕糠去了更好啊，这事不必报来。”

诸如此类的故事还很多，比如他担任地方官时，有一年闹蝗灾，民不聊生。李绅竟然还给皇帝献祥瑞，说蝗虫飞过自己管辖的区域，一点都没有吃那里的庄稼。李绅大冬天逼迫老百姓下到河里去挖蛤蜊给朝廷当贡品。天气严寒，河水冰冷，老百姓苦不堪言，连当地的地方官都看不下去了，出来劝谏，他才停止。

理性地去看这些故事，很多就像现在网络上的口水，和吃鸡舌的产生如出一辙，实际上虚假大于真实，过于夸张的描述会充满荒谬。关于李绅的为人，如果我们去看他自己记录下来的文字，或者在白居易的诗文中所呈现出来的轮廓，和前面故事讲述的完全不同，哪怕是同一件事。

比如他当过五年的宣武节度使，而宣武镇乃是当时唐帝国疆域内最难治理的藩镇之一。在这五年里，李绅“捍大患，御大灾，却飞蝗，遏暴水”。一场蝗灾就有不同的说法，尤其是修辞上。五年后，李绅离开宣武，前往淮南任节度使时，宣武的老百姓都带着酒食夹道相送，为他饯行。而听说他要来上任的地方，又是欢歌相迎，因为他牧守一方的能力早已被传颂。

在白居易等人的笔下，这样的事在李绅身上一再发生。这也许有一定的夸张成分，出于友情和共同的政治抱负，但一定是有迹可循，而并非像那些抹黑他的故事那样完全是镜花水月。在正史的记载中，李绅与人为善的故事也不少，如他对同年进士武翊黄的关照。武翊黄为宰相武元衡之子，才学惊人，曾三试独占鳌头，也就是相继得解元、会元、状元，名副其实地连中三元，人称武三头。入仕后于大和年间官至大理卿，但犯了一个生活作风的问题，和妻子的随嫁婢女薛荔谈起了恋爱，并且被迷得神魂颠倒。当时的舆论谴责武翊黄虐待发妻，李绅却一直为他辩护，直到所有人都容不下他了，才无奈放弃。

武翊黄虐妻一事到底如何我们不清楚，他自己有一首诗《瑕瑜不相掩》或者是对自己行为的影射："抱璞应难辨，妍媸每自融。贞姿偏特达，微玷遇磨砻。泾渭流终异，瑕瑜自不同。半曾光透石，未掩气如虹。缜密诚为智，包藏岂谓忠。停看分美恶，今得值良工。"

如果说为武翊黄辩护是出于友情的执着，李绅赠刘禹锡家妓同样是出于友情，那么另外一起赠人家妓则是赠人玫瑰，手有余香了。

那是李绅在淮南节度使任上，原来与他素有嫌隙的张又新被罢官。人倒霉时喝凉水也会塞牙，张又新还乡时乘坐的船翻了，他一同返乡的两个儿子都被淹死。张又新的老家在李绅当时的管辖之下。他怕李绅报复，在和人交流时表达了这种畏惧之心。李绅听闻此事后，传话的那个人说，年轻时的争论很正常啊，过去的事我早忘了。

这里可以提一下张又新，他在814年状元及第。张又新和前面的武翊黄一样，都是连中三元，时号为张三头。在中国的科举历史上，连中三元者仅有十七人。作为张三头，张又新的诗文和武三头的诗一样了得。他还嗜茶，并且让爱好成了创作的动力，著有《煎茶水记》一卷，《唐才子传》有载其事迹。

这样的一个才子，在生活的折磨下，从意气风发到了意兴阑珊，想想都让人觉得世事的冷酷，而李绅给予了张又新一缕温暖的阳光。

怕张又新有误会，李绅为了表达自己的诚意，在张又新到达自己的官衙所在地以后，在家里设宴请他喝酒。按照唐人的待客规则，大摆筵席之时，当然是要请出家里的歌姬娱客助兴。

故事来了，李绅家里出来助兴的歌姬，是张又新年轻时曾经相好过又劳燕分飞的女子。他们四目相对，前尘往事袭来。歌姬虽然韶华不再，但歌声依然清澈。在李绅起身更衣之际，张又新手指蘸酒写词在木盘上，歌姬记住了词。李绅回来后，这歌姬便唱了张又新刚写的词："云雨分飞二十年，当时求梦不曾眠。今来头白重相见，还上襄王玳瑁筵。"

侧耳倾听歌姬婉转的歌喉，张又新悲从中来，在席间酩酊大醉。李绅岂是易与之辈，急躁的脾气下掩藏着心细如发，张又新和歌姬之间的眉来眼去早就看在眼里。在张又新烂醉如泥之时，李绅细细询问歌姬，知道两人早年的故事后，让她扶着张又新一同归去。

按照记载，张又新和这个歌姬相伴终老。

李绅这种人格上的矛盾和分裂，在流传下来的关于他的故事中随处可见，让人怀疑他是否拥有多重人格。一个不争的事实是，短李是李党的中坚分子，同时也是一个刚愎暴烈之人。这个性格他一生未改，据说李绅晚年出任河南尹时，当地的问题青年慑于他的威望，望风而逃，纷纷变身为良民。

五

短李的一生，到他任河南尹时，无论怎么去评说，尽管一波三折，但看起来都是成功的。李绅在河南尹上的一桩公案，却让他在死后都不得安宁，也成为后来非议他的一个证据。

在李绅去世的前一年，当时的扬州江都尉吴湘受贿，并强娶民女，罪是犯了，却罪不至死。李绅却将他处死，关键是还不等秋后复议，在盛夏就急急开刀问斩。

这也成为后世的一个疑案，李绅如此做，是为了什么？

与《太平广记》《太平御览》《文苑英华》合称“宋四大书”的《册府元龟》中说，李绅欲夺民女献给李德裕，所以要干掉吴湘这个绊脚石。但这个猜测其实不靠谱，有点叫花子说皇帝生活的那种短视。按照当时李绅和李德裕的身份地位，要得到一个女子还需要这样费尽心机吗？何况在当时，两人都已是白发老翁,还能有多少这样的“雅致”,哪怕是“一树梨花压海棠”，也没有必要这样煞费苦心。

《册府元龟》只是用了一种时人的说法。

还有一种说法是吴湘的叔父吴武陵，当年得罪过李德裕的老爸李吉甫，所以处死吴湘是为了取悦李德裕。不知道这个得罪到底有着多深，居然连家属都被株连了，何况李绅作为李德裕的朋友，并不是李德裕本人，朋友的父辈之仇他会有切肤之痛？这种弯弯绕绕的说法肯定是远离了真相。

一个人到了他的晚年，对世界的认知已经根深蒂固了。李绅同样如此，处死吴湘，可能是他对当时风俗的一次矫枉过正，乱世用重典。这也是河南问题青年梦魇的根源，或者说，这是李绅一贯的偏执所结出来的虚妄之果。

这当然只是我的一种揣测，事实如何，我们并不知道。唯一能够确认的是，这为李绅埋下了祸根，甚至是为他一生的毁誉埋下了伏笔。

到了 847 年，“吴湘案”被平反。此时李绅已去世，按照唐朝的律法，李绅被塑造成了滥刑枉杀的酷吏典型。因此，李绅在死后受到了“削绅三官，子孙不得仕”的处罚。

政治斗争的残酷让人不寒而栗，而李绅身上那些莫须有的污点真的有吗？或者说，它们是不是被故意给放大了？就像《悯农》的第三首，在那么长的时间里它的湮没隐藏着什么秘密？就像湮没了的《乐府新题》二十首，它们和白居易、元稹的乐府诗相比会如何？

如果不是李绅在身后被定性为酷吏的形象，他的这些诗和他在后世呈现出来的面目，应该和我们惯常想到的有所不同。

许多年前，李绅有一回路过扬州，大概是想到了前朝的旧事，写了一首《宿扬州》的诗："江横渡阔烟波晚，潮过金陵落叶秋。嘹唳塞鸿经楚泽，浅深红树见扬州。夜桥灯火连星汉，水郭帆樯近斗牛。今日市朝风俗变，不须开口问迷楼。"诗说的是发生在扬州的一段逸闻。当年隋炀帝穷奢极欲，在扬州造有迷楼，也就是一座迷宫。迷宫内置酒池肉林，美女如云，不知道的人进去后往往走不出来。李绅这诗大概是说隋炀帝在欲望和享受之中迷失了自己。我们去读李绅之时，遭遇的也是一座迷楼。我们无法判断事件的真伪。李绅的善与恶，李绅的能和拙……这一切都犹如迷楼。

在这样的迷楼里，我们以为看到的是李绅的本尊，其实却是镜中的虚像。李绅另外一首比较直白的诗《答章孝标》，仿佛是对此的一个呼应。"假金方用真金镀，若是真金不镀金。十载长安得一第，何须空腹用高心。"

章孝标字道正，是睦州桐庐人，以孝行知名于世，人称孝标先生。李绅认识他的时候是在浙东观察史的任上。恰值天雪，章孝标兴而赋诗，这个诗落入了李绅的法眼。章孝标在 819 年进士及第后，还写了《及第后寄李绅》："及第全胜十政官，金鞍镀了出长安。"春风得意时的愉悦从这诗里喷薄出来。

因为年龄上的差距，李绅也许是章孝标的人生导师，李绅要告诫章孝标的是：世事如此，只有假冒伪劣的东西才需要一个好的包装，有真材实料就不需要华丽的包装来掩饰。十年寒窗苦读才能进士及第，只有远大的志向是没用的，必须踏踏实实求取功名。

对李绅这样的人来说，世俗等对他的评判就像天上的浮云，云卷云舒，其实他并不太在意。无论是在镜像的里面还是外面，短李至少拥有一个精彩的人生。

何日是千年

——闲读历史之张祜

玉律潜符一古琴，哲人心见圣人心。
尽日南风似遗意，九疑猿鸟满山吟。

——张祜

一

一壶酒外终无事，万卷书中死便埋。

这两句唐诗我读到之时就极为喜欢，其字句之外的洒脱和对人世的旷达令人动容。写这两句诗的人叫张祜，他的时代，大抵在唐中期偏后一些，属于比白居易、元稹晚一辈的诗人。其时，唐帝国中兴的繁华如梦飘逝，不过这和张祜其实没有太大的关系，他大概是唐朝诗人里面唯一没有当过官的诗人。

倒不是张祜不想当官，也不是张祜没有知识分子所拥有的家国情怀，而是时乖命蹇，造化弄人。在开始说他的故事之前，我们不妨先看看另外一个关于他的有趣的故事，从这个故事大抵可以推测出张祜的性格。

千古文人侠客梦。这个梦，张祜显然比别人中毒更深。物以类聚，人以群分，张祜所交往的好友中很多也是“侠粉”，迷恋于“事了拂衣去，深藏功与名”的那种境界。他的好友崔涯，写过一首让张祜击节赞叹的诗：“太行岭上二尺雪，崔涯袖中三尺铁。一朝若遇有心人，出门便与妻儿别。”

在当时的文坛有个传说，张祜会功夫，能够飞檐走壁如履平地。这个当然只是传说，就像说李白是剑仙的一样。人们总是不满足于平庸的日常生活。时间之远，让我们看这些都如海市蜃楼：人心的投影和虚像。但这个爱好让有心人有机可乘，别有心机者找上门来了。这大概是唐朝版骗局的量身定制了。

一个月黑风高的夜晚，北风呼啸，夜凉如水，大概是喝了点浊酒，张祜刚准备睡觉，突然有人破门而入，腰悬宝剑，手里的一个包裹滴着血。张祜大惊，闯入者吟出了李白的《侠客行》：“十步杀一人，千里不留行。”

来人络腮胡如树根斑驳，端得是条大汉，李白的诗吟毕，来人然后拱手寒暄：“张祜张大侠，见礼了！”

张祜看着对方，一时间竟然悲欣交集。

做诗人不稀奇，张祜从识字到如今，反正是做了很多年了，被人叫作侠客是第一次啊，而且在这样一个夜晚，被明显是同道之人所称呼。张祜压住内心翻腾着的狂喜，目光落在散发着血气的包裹上，放缓自己的声音，装作镇定地问："这是什么东西？"

来人说，苍天有眼，这是我追索十多年的仇人的人头，终于在今天手刃此獠。痛快啊痛快！他要和张祜痛饮三杯。

张祜也是个胆子大的，居然就叫仆人上酒。三杯过后，图穷匕见，来人说："有仇报仇，有恩报恩，大丈夫当如是！我仇已报，恩却未还，恩人离此三里，兄能否借我十万贯钱去报恩。"

张祜想拒绝，十万贯钱毕竟是个大数目，但看着来人腰中的剑和血淋淋的包裹，又有心迟疑。此时风声中月色浮动，张祜大概觉得血气翻涌，夹杂着恐惧和兴奋，他有参与了一项秘密的大事件的荣誉感，于是搜箱倒箧，凑了十万贯钱。那人也不客气，一把提过，但没想到这钱压人啊，颇有些吃力地背上钱就走，嘴里还说，这人头且留你这，我去去就来。

夜色深沉，张祜枯坐于桌前，鸿飞冥冥不复返，眼见东方欲晓，张祜开始担心包裹里的人头会招来是非。在精疲力竭中他恢复了一点理智，吩咐家人去后花园埋掉，结果在惊惶中手一抖，一个肥硕的猪头从抖开的包裹里掉出来。

多年之后，这故事被吴敬梓写到《儒林外史》里了。

那个猪头在月色中仿佛在微笑，既慈悲，又有一丝讥讽。

张祜这一夜的行为在当时传为笑谈，朋友圈里大家都很快乐。他身怀高强功夫的说法也就是说说而已，最多也就是照猫画虎，一厢情愿，就像我们小时候常常觉得自己能够身怀绝技一样。

张祜的家世不差，学识也不差，但他就是个天真的人。大约他会相信如果把月光编织成一条绳索的话，自己就能够攀缘到月亮上去。

二

前文所描述的张祜夜遇侠客会给人一种错觉，好像张祜的人生是个笑话。哪怕它真有其事，其实也就是一个人不谙世事时的天真之举。张祜对于世界的懵懂还有，我们慢慢说下去。

张祜祖籍河北清河，但一直生活在姑苏城里，据说他出自名门望族，有一个显赫的家世。他的家世有多显赫？按照张祜自己的说法他应该是宰相张说的后裔。张说在历史上的咖位倒不是他担任过宰相，而是他身份的复杂性：文学家、政治家等等。据说张说的母亲曾梦到玉燕自东南飞来，投入怀中，因而有孕，“玉燕投怀”由此而来。

另外一个更加为人耳熟能详的词语“泰山”，也就是岳父的称谓也是来自张说。玄宗封禅泰山，张说为封禅使，礼毕，张说把本是九品小官的女婿郑镒提升至五品。在玄宗宴群臣时，有戏子调侃此事：“这都是泰山的功劳啊！”玄宗也不生气，有私心的臣不可怕，只要能够为自己所用。

张说当然也是个诗人，有一首《幽州元日》清新可喜，我个人颇喜欢。“今岁元日乐，不谢往年春。知向来心道，谁为昨夜人。”

人的能力、欲望、无私和自私等，在张说身上有着淋漓尽致的体现，那是另外一本复杂的人生之书了。张祜，可能是他的后裔，也可能只是攀附，古人常常这么干，为了给自己一个辉煌的出身。张祜在历史的卷册中，无足轻重，多一首诗少一首诗对历史并无重量。虽然《全唐诗》收了张祜三百多首诗，排在大唐诗人的前列，但新旧《唐书》中都没有出现他的身影。一个诗人毕竟是无足轻重的，所以他的家世是一个谜。但家底殷实毋庸置疑，从匆忙中能够拿出十万贯可见一斑。

夜遇侠客从一个侧面映射出张祜的天真，和智商无关，但张祜对世事的认知可见一斑。据说张祜作诗如贾岛，常常要反复吟诵雕琢字句，每每此时会进入一种癫狂的状态。如果家人在这个时候叫他，他是不会回应的，事后还会振振有词地训斥家人：“我那时正要口吐鲜花，哪里顾得上理你们！”他是自信的，对自己的文才，认为写出的诗如鲜花般芬芳。他自己当然就是诗的化身。

张祜自诩为侠客、浪子。大概人年轻时都有这样的念头，要玩世不恭，要与众不同。但到了一定的年龄，往往会收敛了这种青春的张狂，甚至鄙薄起往日的那个旧我。午夜梦回，张祜是不是有过这样的悔意我们很难知晓，我们可从他的成名作说起。

故国三千里，深宫二十年。一声何满子，双泪落君前。

这首《宫词》是张祜二十多岁时的成名作。时光飘忽，从后世去推测，张祜一生的遭际和这首诗其实息息相关。因为这首诗，张祜张公子在唐帝国灿若繁星的诗空里横空出世，也因为这首诗，张祜的名字进入了一些大人物的法眼，比如令狐楚，比如白居易，比如元稹……

人的出名需要际遇，张祜也是，但他选错了时间点。

张祜为什么写这首诗？这起源于当时白居易他们在长安搞的同题诗会，啥同题？“何满子”。这里简单说下“何满子”一词的来历。

在南宋计有功编著的《唐诗纪事》中有这样的记载，唐玄宗后宫的歌舞团里有叫何满子的伶人，才华出众，歌喉婉转，因事冒犯了皇帝，被判死刑。临刑前，何满子希望能再唱一首歌。她悲愤嘹亮的歌声居然打动了苍天，天色四蔽，暝色将至，玄宗知道后将她改判了死缓。

但按照白居易的说法，何满子的故事和这个版本不同，说是沧州有一位歌者犯罪，临刑前请求哀歌一曲赎死，却被拒绝了。之后，何满子成了悲歌的代名词，并传播开来成为唐朝的流行曲。

在关于“何满子”的同题诗里，白居易是这样写的：“世传满子是人名，临就刑时曲始成。一曲四调歌八叠，从头便是断肠声。”这种写法保持着白居易诗歌的一种向度，干净、直白，同时又充满力量。

元稹的同题诗《何满子歌》写得更为复杂，诗很长，但为了说明事情的经过，这里不妨录一下。“何满能歌能宛转，天宝年中世称罕。婴刑系在囹圄间，水调哀音歌愤懑。梨园弟子奏玄宗，一唱承恩羁网缓。便将何满为曲名，御谱亲题乐府纂。鱼家入内本领绝,叶氏有年声气短。自外徒烦记得词，点拍才成已夸诞。我来湖外拜君侯，正值灰飞仲春琯。广宴江亭为我开，红妆逼坐花枝暖。此时有态蹋华筵，未吐芳词貌夷坦。翠蛾转盼摇雀钗,碧袖歒垂翻鹤卵。定面凝眸一声发，云停尘下何劳算。迢迢击磬远玲玲，一一贯珠匀款款。犯羽含商移调态，留情度意抛弦管。湘妃宝瑟水上来，秦女玉箫空外满。缠绵叠破最殷勤,整顿衣裳颇闲散。冰含远溜咽还通，莺泥晚花啼渐懒。敛黛吞声若自冤，郑袖见捐西子浣。阴山鸣雁晓断行，巫峡哀猿夜呼伴。古者诸侯飨外宾，鹿鸣三奏陈圭瓒。何如有态一曲终，牙筹记令红螺碗。”

元稹这首诗走的是新乐府的风格，当然是一首杰作。但这些同好的诗作，哪怕我们隔着千年去读，都不及张祜写得巧妙。

这种缠绵悱恻的宫怨情感，正好符合公众的审美需要。古往今来，八卦，尤其是皇家深宫的八卦，是人们所津津乐道的。《宫词》一出，洛阳纸贵，同题诗中它最为人所追捧，而张祜的诗名也随之传开。

唐武宗后来有个妃子叫孟才人，吹得一首好笙，武宗和她如胶似漆两情相悦。当武宗生病将去时，孟才人唱了这曲两人平时都喜欢的《何满子》后气绝倒地，等太医来检查时余温尚在，但肝肠已断。武宗也是个多情的种子，据说武宗下葬时棺椁不能起，移来孟才人的灵柩后，武宗的棺椁才能抬动。

这个故事发生的时候，张祜就在嘉兴周边游荡，听到这个消息时，为两个人缠绵悱恻的爱情感叹不已，立即赋诗凭吊。

偶因歌态咏娇颦，传唱宫中十二春。却为一声何满子，下泉须吊孟才人。

随着二十年后这《孟才人叹》的传唱，这个故事更增加了魅力。

本来那传唱一时的《宫词》，也许可以成为张祜进入唐帝国顶级文人圈的敲门砖，哪里知道张祜的狷介性情在当时暴露无遗。当歌姬们纷纷以演唱此诗为荣，旁人纷纷在张祜当面恭维这首诗写得好的时候，他轻描淡写地说，这只是我信口胡诌的几句，不值一提，不值一提！

是故意如此，还是本性如此，我们不知道。这么说，潇洒是潇洒了，但这让那些写同题诗的大佬情何以堪。他们的内心一定是诸味杂陈，前浪还在汹涌，后浪就要拍死前浪了吗？他们也许不是太在意，但在有意无意之间肯定会疏远张祜。

三

先说说这首诗带给张祜的正面影响，在诗人辈出的唐代，一首好诗带来的冲击波会非常震撼，公众传唱下推波助澜带来的流量不必说了，庙堂之上的大人物同样也会把创作者视之为奇才。

在教育不普及的遥远年代，学而优则仕是一条终南捷径，而出色的诗人无疑更容易引人注目。张祜的诗才自然被人所瞩目，比如当时的大佬令狐楚，元和年间把持中书省权柄的实权人物，他怜才，也想把这样的高才收罗到门下。出于这种伯乐的心态，在没有通知张祜本人的情况下（也可能他已经知会过张祜，但心高气傲的张祜不以为然），令狐楚派人搜集了张祜的诗作，亲自挑选了三百多首制成诗集，向唐穆宗举荐张祜。

令狐楚的举荐信对张祜赞誉有加，说其诗赋风格当世罕有人比，可想见这个人的能力肯定出众，征辟他可以为朝堂效力。

穆宗读了张祜的诗，和令狐楚心有戚戚，的确写得好。在唐宋时期，除了极少数的皇帝之外，坐在九五之尊位置上的人，由于从小贵族化的教育，大抵有着良好的艺术修养和审美眼光。

穆宗想给令狐楚一个面子，把张祜召到京师，授予他官职。但当时这也可能是一闪念，也可能是出于御下的手段——玩平衡，穆宗又征询另外一个自己所宠信的大臣的意见。这个人就是当时的翰林学士承旨元稹。元稹的知名度在后世比张祜大得多，但他当时的存在，对同一个时代的张祜来说显然是一种错误。

元稹是天下知名的才子，却不把写诗看作是自己从政的登云梯。他告诉穆宗，写诗只是小道。这当然就是婉转地规劝：不能够因为诗才出众就授予人官职。

元稹的这一行为，普遍认为出于他睚眦必报的性格。元稹爱财好色。有这样习性的人，意志力一般比较薄弱，要说一定有多执拗则未必，生活中我们或许都会有这样的感受。这里我们需要知道的是，除了是诗人，元稹还是一个政治人物，他的一举一动当然有自己的考量。他和令狐楚不是在同一个阵营里，把令狐楚赏识的人剔除出去，显然也是日常政治的一部分。

作为白居易的好友，政治上的自觉性元稹显然高于白居易。

这一年，张祜三十岁，刚好而立之年，但他的长安之行没有让他立起来。他因为被举荐时飘飘然的心辗转成泥，离开长安，自己再读入长安时写的《京城寓怀》估计是五味杂陈。

三十年持一钓竿，偶随书荐入长安。由来不是求名者，唯待春风看牡丹。

可惜春风不与。我乱翻书时看过另外一个记载，也录在这里。说是张祜多年跑官不成，到了太和三年，即 829 年，时任天平军节度使兼东都留守令狐楚，精选张诗三百首，并写了荐表，让张祜赴长安进献唐文宗。尚书左丞元稹因与令狐楚素有积怨,便对无辜的张祜极力贬低中伤。因为新旧《唐书》中都没有张祜的记载，姑且放在这里，作为一个补充。

但就我个人的观点，元稹说得不无道理。张祜的恃才傲物并不适合官场，他的政治嗅觉极端迟钝。正如他写“猩猩血彩系头标，天上齐声举画桡。却是内人争意切，六宫红袖一时招”等诗句，不带任何评判去看，明显是在诋毁穆宗的清誉，讥讽他。如果是承平之年这也许是佳话，但在安史之乱后写这些多少有些不合时宜，哪怕是确有其事。

张祜后续的表现也证实了这一点。在走出长安后，他孤独远去的身影里留下了一首《书愤》，像是对这段光阴的一个注解。

三十未封侯,颠狂遍九州。平生镆铘剑,不报小人仇。

那种属于张祜的自负和偏狭，从这首诗的字里行间散发出来，别人是小人，这就像“他人即地狱”的存在主义思想。

其实，这样的人，是当不好官的。可惜自己总是看不到自己的盲点，但别人会看到。生活中，我们周边也常常有这样以为怀才不遇的人，满腹牢骚却不能沉下心来。这些人缺乏的是一种自省精神——你真的有这个才吗？

回到苏州城里，张祜当了一阵子深居简出的人，平时吟吟诗，喝喝酒。但这样的生活他很快就厌了，大丈夫总要做些事的，于是他又跑到长安求官，每一次都是铩羽而归。

张祜是一个纯粹的诗人，心中没有那些沟沟壑壑。但一个纯粹的人或许可能有某些方面的才华，却并不能雄躯一震就天生我才的。

在后来的很多年里，为了跑官，张祜用自己的才华写了大量的投刺诗给当朝权贵，以求谒见。在这份名单上，我们可以看到诸如魏博节度使田弘正、河东节度使裴度、淮南节度使李绅、河东节度使李听等众多朝中军政大员。当时这些权贵人物都曾收到过张祜的诗作，对他的才华认可者多，也都会赠予他一些财物，但没有一个人把他当作王佐之才。

“三地分符宠更深，两方旌旆日骎骎。蛟龙可是池中物，凤鸟无非阁上音。世重才人皆立绩，客依公子尽推心。犹思谢尚经牛渚，曾听袁宏一夜吟。”从这首诗《投苏州卢郎中》中可以看到张祜这类投刺诗的大体风格，当然不差，但也没有那种惊艳之感，大致是个人水平的体现，就像我们有时写的采风诗，无疑是对才华的挥霍和浪费。但如果不去做这些事情，也可能就会虚度光阴。

张祜这样过了十年，中间曾经短暂在徐州节度使李愿、魏博节度使田弘正等处充当幕僚，忽忽到了四十岁，张祜变得心如止水。张祜自己也忍不住这样想，一生大抵也就这样了。何况作为一个富贵闲公子，本来吃喝不愁，因为跑官，最后一次离开长安时，居然落魄到身无分文。这有他的《爱妾换马》诗为证。

绮阁香销华厩空，忍将行雨换追风。休怜柳叶双眉翠，却爱桃花两耳红。侍宴永辞春色里，趁朝休立漏声中。恩劳未尽情先尽，暗泣嘶风两意同。

浪子回家后，张祜这样写自己的境况，家道在自己的落魄中也一落千丈，很让人掬一把同情之泪。

行却江南路几千，归来不把一文钱。乡人笑我穷寒鬼，还似襄阳孟浩然。

一个翩翩公子，一个一下能够拿出十万贯钱的张祜，他的遭际当然让人同情。但如果换一个角度去看，那么多年的人设经营后，难道到他落魄至此时，找不到一个资助他或者借钱给他的友人吗？也许是出于羞怯和羞愧，也许是他不屑于求人。

四

无论流传下来的哪一个版本，今天去读，元稹都像是一道巨大的阴影，似乎是他让张祜郁郁一生，但事实果真如此吗？起码从一些细节去看未必如此。比如和元稹相交莫逆的白居易、李绅，他们都对张祜非常友善，而后世的一些推测，也大抵建立在“有罪”的污名化论断上。

先说白居易，他很欣赏张祜的《观徐州李司空猎》，认为与王维的观猎诗相比都难分优劣。

王维的《观猎》在后世非常出名，诗如下：

风劲角弓鸣，将军猎渭城。草枯鹰眼疾，雪尽马蹄轻。忽过新丰市，还归细柳营。回看射雕处，千里暮云平。

王维的《观猎》可谓千古绝唱，白居易把张祜的与之相提并论，也可想见张诗在他心中的分量。

我们不妨读读张祜的《观徐州李司空猎》：“晓出郡城东，分围浅草中。红旗开向日，白马骤迎风。背手抽金镞，翻身控角弓。万人齐指处，一雁落寒空。”

关于这两首诗的赏析和优劣，历代一直都有比较性文字，有兴趣的可以自己去读。从我个人的角度去看，虽然各擅胜场，但我更喜欢王维的那首。在有些版本上，把王维的那首也归于张祜的名下。

白居易在杭州当刺史时，发生过一件事，刺史白居易准备在杭州举办一次诗会，为朝廷选拔人才。诗会由白居易出题面试，胜出者可赴长安应进士试。

正好这个时候，张祜从苏州到了杭州拜见白居易，互道久仰后，白居易设宴款待。

在这之前，还在长安时，元稹向白居易举荐过浙江的另一个青年诗人徐凝。徐凝是现在的桐庐人，当时徐凝也参加了这次选拔。

一般的说法就是白居易与元稹相厚，屈贬张祜，判徐凝胜出，选为解元。这个观点以唐末皮日休的《论白居易荐徐凝屈张祜》为代表。“元和中作宫体诗，词曲艳发，当时轻薄之流其才，合噪得誉。及老大，稍窥建安风格，诵乐府录，知作者本意。讲讽怨谲，时与六义相左右，此为才之最也。……祜在元、白时，其誉不甚持重。杜牧之刺池州，祜且老矣，诗益高，名益重。”

这种评价还算持正。张祜自己当然有怀才不遇、生不逢时的痛苦，他这样写：“唯恨世间无贺老，谪仙长在没人知！”

但真的是这样吗？我们先说徐凝，生卒年均不详，年岁和张祜差不多，两个人还是非常好的朋友。明人杨基这样说徐凝：“李白雄豪妙绝诗，同与徐凝传不朽。”这是不是拔高了我们先不说，但有一点值得指出的是，徐凝的诗才并不差。他的《忆扬州》这样写：“萧娘脸薄难胜泪，桃叶眉长易觉愁。天下三分明月夜，二分无赖是扬州。”尤其是后两句，隐隐有盖过杜牧和张祜的扬州诗之势。另外一首《七夕》，同样在同类题材中写得颇为可喜。“一道鹊桥横渺渺，千声玉佩过玲玲。别离还有经年客，怅望不如河鼓星。”

“一生所遇惟元白，天下无人重布衣。欲别朱门泪先尽，白头游子白身归。”这是徐凝第一次游历长安后所写，当时他是拜在韩愈门下。但韩愈和白居易素有嫌隙，白居易在徐凝和张祜之间难道会不分青红皂白地取舍吗？

有一个故事是说，白居易到杭州开元寺观牡丹，见徐凝题牡丹诗一首，大为赞赏，恰好此时张祜来了，三人相聚甚欢。后来白居易判徐凝题牡丹诗胜出。

张祜的《杭州开元寺牡丹》是这样写的：“浓艳初开小药栏，人人惆怅出长安。风流却是钱塘寺，不踏红尘见牡丹。”

徐凝的牡丹诗有两首，且放在这里供有心人评判。

《牡丹》：“何人不爱牡丹花，占断城中好物华。疑是洛川神女作，千娇万态破朝霞。”

《题开元寺牡丹》：“此花南地知难种，惭愧僧闲用意栽。海燕解怜频睥睨，胡蜂未识更徘徊。虚生芍药徒劳妒，羞杀玫瑰不敢开。惟有数苞红萼在，含芳只待舍人来。”

文无第一武无第二，仅就这两首同题诗来说，白居易判其胜出也在情理之中，不能够一味以阴谋论去揣测。何况当时通讯迟缓，即使元稹有心，这通讯上的一来一去，未必能够及时授意。

要说徐凝，他所受到的委屈比张祜更甚。徐凝写有一首

《庐山瀑布》：

虚空落泉千仞直，雷奔入江不暂息。今古长如白练飞，一条界破青山色。

这首诗好不好？我读时觉得气韵绵长，和李白的《望庐山瀑布》各有千秋，当时也为人所称道。但后来苏轼的讥评使徐凝的《庐山瀑布》一落千丈。《东坡志林·记游庐山》记载，当年苏轼游览庐山，一边走一边读《庐山记》，读到李白的《望庐山瀑布》，他欣欣然；读到徐凝的《庐山瀑布》，便皱起了眉头。

到了庐山开元寺，苏轼挥毫写下："帝遣银河一派垂，古来惟有谪仙词。飞流溅沫知多少，不与徐凝洗恶诗。"

大师评定其为恶诗，这多少带有个人的喜好和偏见，而徐凝此诗渐不闻于文坛。苏东坡如此厌恶徐凝之诗，有没有受到这传说中斗诗的影响？完全是有可能的。

好在文人相轻也相重，南宋洪迈在《容斋随笔》中对徐凝这首诗尤多称誉，"皆有情致"。清代诗人蒋仕铨在《开元瀑布》中说："太白已往老坡死，我辈且乏徐凝才。"

因为元稹、张祜，白居易也成为一段文坛公案的主角。后人同情张祜，却没有来由贬低了其他人，这不得不说是一种遗憾。倒是在晚唐丁仪所写的《诗学渊源》中有一句公道之语："张祜……与徐凝齐名，为元、白所重。"

我们无法穿越回当时的现场，但从细节中可以窥见一些蛛丝马迹。中唐后，朋党之争愈演愈烈，你方唱罢我登场，政见的不同、性格的不合，导致相互攻讦，有些事在后世以讹传讹，或让人信以为真。

五

在唐末张为所撰写的《诗人主客图》里，把张祜、羊士谔、元稹并称为白居易的入室弟子，张祜之名犹在元稹之前。这当然只是一家之言，但可推测彼此之间关系的远近。张为距离真实事件发生的年代极近，他的评述当然可以作为一种相对有效的参考。

张祜的一些诗，和白居易、元稹所倡导的新乐府诗气息相通，我们可以随便摘几句。“长闻为政古诸侯，使佩刀人尽佩牛。谁谓今来正耕垦，却销农器作戈矛。”“公租与私税，焉得俱无伤？今年已憔悴，斗米百钱偿。富农索高价，闭廪几绝粮！”……

这或许也是新乐府的另一个倡导者李绅厚遇张祜的根源。当时李绅任淮南节度使，张祜求见。李绅当然记得这个人，一曲写何满子的《宫词》珠玉在前，李绅大为欢喜。

李绅也是一个在时间中“被”面目可疑的人，本书中的上一篇写的就是他的事迹。在张祜去求见李绅的时候，李绅是封疆大吏、实权人物，有资格飞扬跋扈。

按照一般的人情世故，张祜应该执礼甚恭，但张祜的呆气又发作了，在谒见中，张祜自称为“钓鳌客”。这个“客”的口气实在是大，所谓语不惊人死不休。鳌是传说中海里的大龟或大鳖。女娲炼五色石以补苍天时，便是断鳌足以立四极。《淮南子·览里》里还说，东海中有巨鳌驮着的三座仙山：蓬莱、方丈、瀛洲。钓鳌之人，这该是有多大的气魄和胸怀？

李绅也许见惯了诗人的荒诞，并不以为意，笑问：“你钓鳌用什么做鱼竿？”张祜说：“用彩虹。”李绅又问：“用什么做鱼钩？”回答说：“用弯曲的新月。”

这样听着也觉得有点意思了，李绅于是再问：“用什么做鱼饵？”

张祜的回答石破天惊，说：“用短李相公做鱼饵。”

李绅是个矮子，熟悉的朋友如白居易打趣他叫“短李”，还写在自己的诗里。但张祜这样的回答既傲慢又无礼，也不知道天高地厚。李绅不仅仅是前辈诗人，也是握着军权的地方大员。

好在李绅的气度够大，没有被张祜激怒，继续谈诗论文，杯酒言欢。事后，李绅赠予张祜许多银两后客客气气送走了他。

或许在这个时候，李绅真正认同了元稹的看法，有些人只能待在适合他的地方。他可以高估自己，但旁人却能看得一清二楚。客观来说，这个时期的顶尖人物很多，以文扬名的除了白居易、元稹外，后世名声很大的韩愈、柳宗元、刘禹锡等犹如繁花呈现。他们不仅享得文坛的鼎鼎大名，在官场上也都有作为。观照他们的人生，尽管性格殊异，但无一不是世事洞明的人精。

文人不光相轻，还会惺惺相惜。我们撇开白居易判定张祜徐凝的牡丹诗的是非恩怨，就李绅来说，他对待张祜完全是青睐有加。又过了二十年后，张祜很多年的好友杜牧替他出头了，杜牧写诗说："谁人得似张公子，千首诗轻万户侯。"在《唐七律隽》中有这样的说法，当时杜牧赠诗给张祜，用"睫在眼前犹不见"来讥讽元稹和白居易，其实也可能不是单独来说元白，只是嘲笑一下世人罢了。

844 年，杜牧见到张祜，其时杜牧刚到安徽池州担任刺史。一到任，他要兴地方文化，在池州发起诗会，而民间派的老诗人张祜排在邀请名单的首位。这个时候，张祜年已花甲，两鬓如霜了。

杜牧对张祜的诗是真喜欢，吹捧起来不遗余力。在《酬张祜处士见寄长句四韵》中，他写："七子论诗谁似公，曹刘须在指挥中。荐衡昔日知文举，乞火无人作蒯通。北极楼台长挂梦，西江波浪远吞空。可怜故国三千里，虚唱歌词满六宫。"

晚唐诗人众多，但卓然不群者却稀罕，张祜、杜牧、李商隐、温庭筠齐名比肩，大抵是当时的四大天王了。杜牧和张祜有相同的地方，两个人都出身名门，都是风流名士，对扬州都情有独钟。杜牧在《遣怀》中写过："落魄江湖载酒行，楚腰肠断掌中轻。十年一觉扬州梦，赢得青楼薄幸名。"

张祜回忆扬州岁月时说："一年江海恣狂游，夜宿倡家晓上楼。嗜酒几曾群众小，为人多是讽诸侯。逢人说剑三攘臂，对镜吟诗一掉头。今朝更有憔悴意，不堪风月满扬州。"

杜牧看张祜，也许有着面对镜子般的恍惚。张祜的落魄，张祜的潦倒，张祜的坎坷，都有可能是自己未走的那一条路。这或许是潜意识里杜牧对张祜有着不一样的亲切的缘由。

六

诗无达诂。每个人读张祜都能读出自己的滋味，就如读他的人生。我读张祜，有时会为他的一些世俗情怀而解颐一笑，比如这首《捉搦歌》，从《古诗十九首》中衍生过来，写得多么有趣啊！

> 门上关，墙上棘，窗中女子声唧唧。洛阳大道徒自直。女子心在婆舍侧，呜呜笼鸟触四隅。养男男娶妇，养女女嫁夫。阿婆六十翁七十，不知女子长日泣，从他嫁去无悒悒。

到了853年，一说852年，七十多岁（一说六十五岁）的张祜如树叶飘落，回到了大地之下。张祜的死，在后世又被演绎成诗谶。因为在多年前，张祜路过扬州时，写过这样一首诗："十里长街市井连，明月桥上看神仙。人生只合扬州死，禅智山光好墓田。"

与杜牧交好的李群玉和张祜没有见过面，但常常互赠诗作。他的《寄张祜》这样写："越水吴山任兴行，五湖云月挂高情。不游都邑称平子，只向江东作步兵。昔岁芳声到童稚，老来佳句遍公卿。如君气力波澜地，留取阴何沈范名。"这是张祜一生的素描了。人生如寄，现在，他果然死在隐居之地了。晚年的张祜，生活穷困潦倒。在生活上，他几乎是一个低能儿，并不善于经营。但从他的诗句和时人的描述中，他的贵公子的生活品位并没有降低：房屋周边绿树成荫，翠竹摇曳，而房间里满是书画和奇石乐器。

弥留之际，有风从扬州城里吹来，张祜可曾想到自己这一生的成败？可曾想过他身后的荣辱？

仿佛是一种宿命，和张祜过世同一年（或早一年），小张祜二十多岁的杜牧已被诗神所召回，像是去另一个空间为张祜探路去了。在那里，也许张祜能够意气飞扬，能够挥斥方遒，能够有江山被他所指点，而人性在千年之后亦然如此。

张祜能够看到从另一条路上走来的自己。

困人天气日初长

——闲读历史之朱淑真

楼外垂杨千万缕。欲系青春，少住春还去。犹自风前飘柳絮。随春且看归何处。绿满山川闻杜宇。便做无情，莫也愁人苦。把酒送春春不语。黄昏却下潇潇雨。

——朱淑真

一

一个在历史中真实存在过的人物，却有众多疑点。当我们去阅读朱淑真时，仿佛走进了一座迷宫，在拐角的欣喜、发现和惊讶之后，时时有恍惚的虚无感。她在时间中真的存在吗？她究竟生活于何时？她真的在这座城市里生活过吗？或者她只是众多人南柯一梦的产物？

朱淑真墓的遗址就在杭州的灵隐寺附近的青芝坞，传说那是她生前居住地之一。那里现在矗立着她的铜像，雕像的容颜也是后世对古典江南女子的想象，清丽无比。灵隐寺的钟声，有时会隐约传到此处，不知道会不会在这金属的耳朵里荡起涟漪。

在对朱淑真的阅读中，事实上我们更多的是对她残存于世的诗稿的阅读，是对后世关于她的草蛇灰线般描述中的管窥。对她的阅读，或者就是对中国古代知识女性她们日常的阅读。有趣的是，在当时，女性的地位，也非我们所认为的是简单作为男性附庸的存在。

我们先说说朱淑真的死，一般的说法是因为家庭不睦导致她抑郁而死，但也有说她是在绝望中溺水而亡。套用今天比较常见的说法，在这两种说法里无论是哪种死亡方式，朱淑真都患有严重的抑郁症，后面我们会说到她的一些表现是抑郁症的表现。在任何一种说法或民间传奇中，都没有提到朱淑真有无子嗣，或许就是没有。在她死后，其父母将其生前文稿付之一炬，现存《断肠诗集》《断肠词》为劫后余篇，都是有心人收集整理的。

后人去看朱淑真时，其父母把她的诗稿焚毁无疑是种遗憾。她的诗中有些在当时看来惊世骇俗，大抵是属于自白性质的，这或许是诗稿遭到封存的缘由。但也有分析认为朱淑真的父母只是遵从她的心愿，不想让自己的遗稿留存人间。这一举动犹如《红楼梦》中的黛玉葬花，自怜自哀之余也是一种委婉的抗争。

同一件事能够得出这样两种截然不同的解释，世事大概如此，真相隐藏在水面之下，露出在水面之上的也许只有十之一二。

这样一个充满了疑问的人物，总能引起我们探寻的兴趣。而她，在时间的波面上，犹如我们看见的白鹭，在天空中划过优雅的曲线之后，鸟影早已渺渺，只留下还在凝视着天空的我们。那里，有着虚无之想象。

二

童年总是幸福的。如果说时间是一种容器，它的形状和大小不同，栽培出的果实自然也不同。在那个时代，没有优渥的家庭条件是不可能养出一个淑女的。所以清初王渔洋（王士祯）在《池北偶谈》中说，朱淑真出身于官宦门第，家大业大。况周颐在《蕙风词话》中也说，朱淑真是大家闺秀，她父亲在浙西做过地方官，还喜欢收藏字画古玩。

这种设定当然也是出于一种合理的推理。我们现在无法知道，王渔洋他们是否有确凿的资料支持这种论点。他们和朱淑真隔着数百年的光阴，而我们和他们又隔着数百年的光阴。在这种隔与隔之间，很难说没有微尘散落。

还有一种考证也很有趣，出自明人田艺蘅的《纪略》，说朱淑真是大儒朱熹的侄女。田艺蘅距离朱淑真生活的年代更近一点，但这个考证从现在去看，这应该是姓氏的附会，或许是田艺蘅的幽默，朱熹不是讲究三从四德吗？点一个看起来离经叛道的人做你的侄女，看你怎么说。

而朱熹，这个影响了后来中国漫长岁月的哲学家，甚至都没有听说过朱淑真。他在《晦庵说诗》言：“本朝妇人能词者，惟李易安、魏夫人二人而已。”朱熹谙熟浙中掌故，朱淑真此时如果在世，或有诗名，朱熹当有记载。当然也有可能在沽名钓誉心理的影响下，朱熹不愿意去承认朱淑真的文学成就。

对身世的这种表述，也许仅仅是后人对朱淑真的热情的产物。如果从文本传承的角度去分析，朱淑真的诗词有李清照影响的痕迹。她出道于李清照之后，而酗酒赌博样样精通的李清照，也许就是朱淑真的一个榜样，在每天醒来时能够照见的镜子：这是一种真实的人生吗？江南多雨，在听雨的夜晚，烛光摇晃，朱淑真读着李清照的词：“新来瘦，非干病酒，不是悲变秋。”

她会不会有着无由的愁绪？少女情怀总是诗，那些朦朦胧胧随着潮湿的风飘进来的是一种什么样的情绪啊？

人们传唱着易安居士的长短句，但在更多的社交场合，总是避免去谈论这个“至今思项羽”的女人，仿佛她是一场瘟疫。这个大胆而放浪形骸的女人让朱淑真充满了想象：她为什么和自己身边所看到的女性迥然不同？她的生活是何等富饶自足？

也许，少女时期的朱淑真，在某些交际场合看到过李清照，但她不敢也不被允许去打招呼。期望两个风华绝代的女子相遇，只能是出于我们贫乏的想象，或者我们可以敷衍出一段传奇，但和她们的人生是无关的。

少女朱淑真的目光随着雨丝飘荡在她家的东园、西园、西楼、桂堂、依绿亭……她没有想到的是，在自己成年之后，甚至比李清照更能喝酒，情感上更大胆无忌。后世的那些“酒鬼和色女”的身体里，都住着半个朱淑真，只是缺少了她的才华。

朱淑真的身体里，从她的少女时代起，就秘密地住进了李清照。像她写的《西江月·办取舞裙歌扇》这类词中，明显可以嗅到李清照的气息：“办取舞裙歌扇，赏春只怕春寒。卷帘无语对南山，已觉绿肥红浅。去去惜花心懒，踏青闲步江干。恰如飞鸟倦知还，澹荡梨花深院。”

同时，朱淑真还是声名巨大的苏东坡的诗词爱好者，苏之诗词对她的影响从遣词造句中都可看出。但遗憾的是，也许是性别上的差异，东坡先生的旷达之气显然没有影响到她。

盛宴中，山水间……少女时期的朱淑真是一个精灵，她早慧而活泼。

后来在朱淑真存世的诗篇中，这个时期的诗词占了很大篇幅，似乎用文字去表达内心是她的生活习惯。这多少掩盖了她躯体里后来时隐时现的那头饥饿的春兽，尤其在书法、丹青、音律的映衬下，朱淑真俨然是闺秀淑媛的典范。

红点苔痕绿满枝，举杯和泪送春归。仓庚有意留残景，杜宇无情亦晚晖。蝶趁落花盘地舞，燕随柳絮入帘飞。

醉中曾记题诗处，临水人家半掩扉。

父母对她的才情是惊喜的。她这一首咏叹家中东园的诗，或有为赋新诗强说愁的因素，而她写的西园却是少有的明亮。

闲步西园里，春风明媚天。蝶疑庄叟梦，絮忆谢娘联。踏草翠茵软，看花红锦鲜。徘徊林影下，欲去又依然。

那个时代，一个女子最大的事业应该是相夫教子。大家闺秀养成后，接下来总有一头猪追随在身后，等待时机拱他命中的白菜。

相比李清照，朱淑真的个人生活更显悲剧。从她的文字上去推究，出嫁之后，红颜薄命是她的宿命，她一生的事业是去完成它。

但朱淑真的婚姻在后人看来，依然是罗生门般的一个谜中之谜。有一种说法是她嫁给了一个市井之徒，巧妇难伴拙夫眠，好像为她的早夭找到了一个伏笔。明朝有个叫周清源的小说家，在他的《西湖二集》中写了这样一段故事。出身小户人家的朱淑真，从小聪明伶俐、生性警敏、才气横溢。凭借天赋，天生丽质的朱淑真很快就成为周边有名的才女。有一天，朱淑真的舅父吴少江赌博输了钱，借了金三老官的二十两银子，为了顶债，就劝妹妹把朱淑真嫁给金三老官的儿子。在父母之命、媒妁之言下，朱淑真嫁到金家。哪知夫婿三分像人，七分像鬼，外号金罕货，又叫金怪物。

这个故事基本属于杜撰，明人好传奇，这也是当时都市传奇的一种。类似的故事其实可以找到很多，非黑即白，爱憎分明，但世界上的事哪有那么简单。

三

楼外垂杨千万缕。欲系青春，少住春还去。犹自风前飘柳絮。随春且看归何处。

绿满山川闻杜宇。便做无情，莫也愁人苦。把酒送春春不语。黄昏却下潇潇雨。

朱淑真词中的这种愁绪若有若无，总归是渗透其间，像是春风秋雨。在当时叫作钱塘的杭州，才女众多，比如朱淑真所喜爱的苏东坡，他的侍妾王朝云就是。

在少女时期的朱淑真听到过一个传闻，苏东坡那“欲把西湖比西子”的千古绝唱其实就是写给朝云的。当时朝云才十二岁，通判苏轼见到朝云时，大抵是滋生了一种大叔“洛丽塔”般的情结，或许带有一点如同看女儿的青睐。事实上也是如此，朝云真正成为苏轼的侍妾和女人，是苏轼贬谪到黄州后的事，已经是六年以后了。

两人相处中日久生情，苏轼也并没有看轻朝云的意思，他的学生秦观等人都有诗词写给朝云。六年过去，当年十二岁的少女，如今已是明眸善睐的姑娘，但依然乖巧伶俐，善解人意。难得的是，苏轼时乖命蹇，她却始终不离不弃。

朱淑真也许想过，如果自己是朝云又会是如何？她家境优渥，而朝云的父亲在运河码头当搬运工，辛苦，但可以过温饱的日子。但当他们赖以为生的盐运河（即上塘河、古运河）年久失修，导致河道堵塞，商船越来越少时，在困境中朝云沦落风尘，流落到歌舞班里。这样卖儿鬻女家破人亡的图景朱淑真看到的并不少。

和一个志趣相投的人相伴一生会是幸福的吗？读苏轼诗词的时候，朱淑真也许会无端有这样的念头。在苏轼的仕途的沉浮坎坷里，朝云始终相随相伴，直至二十年后的凋零。从一个流传甚广的故事，可以看出两个人之间在精神上的默契。

据毛晋所辑的《东坡笔记》记载，东坡一日退朝，食罢，扪腹徐行，顾谓侍儿曰："汝辈且道是中何物？"一婢遽曰："都是文章。"东坡不以为然。又一人曰："满腹都是机械。"坡亦未以为当。至朝云，乃曰："学士一肚皮不合时宜。"坡捧腹大笑，赞道："知我者，唯有朝云也。"

想必这样的灵犀是两人相处时常常有的机锋，这是一种乐趣，也是对生活的态度。朝云的存在，对我们热爱的苏东坡而言，不啻是一种生活的馈赠。苏门四学士中的秦观秦少游看得很清楚，到杭州游历时，写了一阕《南歌子·霭霭凝春态》赠给朝云：

霭霭凝春态，溶溶媚晓光。何期容易下巫阳，祇恐使君前世是襄王。

暂为清歌驻，还因暮雨忙。瞥然归去断人肠，空使兰台公子赋高唐。

苏轼读到这样的诗，心里恐怕是愉悦的，代朝云和了一阕《南歌子·云鬓裁新绿》：

云鬓裁新绿，霞衣曳晓红。待歌凝立翠筵中。一朵彩云何事、下巫峰。

趁拍鸾飞镜，回身燕漾空。莫翻红袖过帘栊。怕被杨花勾引、嫁东风。

后来苏轼遭贬岭南时，从士大夫优渥的生活中走出，他遣散了姬妾，唯朝云执意相随。苏轼抵惠后不久作《朝云诗》予以赞美，此后还作《殢人娇·或云赠朝云》《浣溪沙·端午》《三部乐·美人如月》以及《王氏生日致语口号》一诗。

“佳人相见一千年”，朱淑真读到《浣溪沙·端午》中的名句时，一时有些出神，无端唏嘘起来。她或许有些羡慕两人之间的默契，尤其是读到写于1096年端午前夕的《王氏生日致语口号》，更可看出朝云此时在苏轼心目中的地位。所谓的口号这种文字，当时只用于皇帝、皇后、太后、妃子这些人的生日，或者国家的典礼大节，一般由翰林或有名气的大臣来写。这样的爱是何等真挚，而朝云应该是满足的。朱淑真如此想，诗人终究是会有惊世骇俗之举的，何况“伤心一念偿前债，弹指三生断后缘”(《悼朝云》)。

1096年的7月，三十四岁的朝云染时疫病逝，红颜薄命又一次被验证。朝云临去，诵《六如偈》以绝，苏东坡多半是伤心欲绝，从《悼朝云》等一些诗中我们可以看出。

作为苏东坡的热爱者，朱淑真对自己的同乡人朝云或许心有戚戚。但想象和现实并不一致，就朱淑真的婚姻生活而言，她和婚姻晚期的李清照有点相似。但李清照和赵明诚，至少在携手同行的开始时是美好的。朱淑真的婚姻生活却是一团迷雾。

四

“鸥鹭鸳鸯作一池，须知羽翼不相宜。东君不与花为主，何似休生连理枝。”朱淑真这首经常被引用的诗，仿佛泄露了一个不是秘密的秘密：朱淑真婚姻的不幸，犹如镜面上的裂痕让人一目了然。

但是在我们发出慨叹一掬同情之意时，还有一个江湖上隐藏许久的诗词传奇值得我们关注。据传朱淑真曾作《圈儿词》寄给远在他乡为官的丈夫。信上无字，尽是圈圈点点。

在这个传奇故事里，朱淑真的丈夫也是个妙人，他开始并不懂朱淑真的意思,之后在书脊夹缝见蝇头小楷《相思词》:“相思欲寄无从寄，画个圈儿替。话在圈儿外，心在圈儿里。

单圈儿是我，双圈儿是你。你心中有我，我心中有你。月缺了会圆，月圆了会缺。整圈儿是团圆，半圈儿是别离。我密密加圈，你须密密知我意。还有数不尽的相思情，我一路圈儿圈到底。”

据说朱淑真的丈夫当晚喟叹良久，次日一早，即雇船返回。波光潋滟间，恰有风吹过，一个返家的男儿心里或许装满了甜蜜，想着见面时的缠绵。我们可以想象一下这个场景，微笑会不经意地划过一张脸，融入一池秋水或春水间。

江湖中也有说这《圈儿词》是清朝的梁绍壬所写。但更多的证据表明，这是早了许多年的朱淑真所写，或也有可能是和朱淑真同时期的某位才女所写。

这些自相矛盾的故事，使得朱淑真的面目更显模糊。一个问题是，是谁在浩荡的时间长河中隐藏起了那些真相，是谁有这样的能力？

但所有的传说都有共同之处：关于朱淑真的丈夫的记载更是寥寥，连姓名都无从考证。朱淑真写《送人赴试礼部》一诗，可能就是写给丈夫，鼓励他发愤图强的。诗是这样写的：

春闱报罢已三年，又向西风促去鞭。屡鼓莫嫌非作气，一飞当自卜冲天。

贾生少达终何遇，马援才高老更坚。大抵功名无早晚，平津今见起菑川。

但奇怪的是，根据我们对朱淑真少女时代的解读，无论是其家庭还是她所得到的教养，即使是出于门当户对，她的丈夫也不会过于不堪。朱淑真某一时期的诗词中，不乏对吴、越、楚、荆诸地名胜古迹的游览吟咏，那应该是随丈夫游宦期间。

是情变还是另有隐情？对一个社会而言不足道的个人事件，对个人而言却是一场暴风雨。朱淑真的诗句里同样充满了矛盾和自我皮囊中数种人格之间的倾轧，比如在《菩萨蛮·山亭水榭秋方半》写："山亭水榭秋方半，凤帏寂寞无人伴。"在《恨春》中说："春光正好须风雨，恩爱方深奈别离。"

朱淑真"幽栖居士"的别号据说是这个时候起的。她想皈依佛门，佛门的清净是她所向往的，那里，有一种虚之实，一种可以让她依靠的力量。

在后世的张望中，此时的朱淑真大抵是一种病态的人格。她既不忍见春光，也怕听秋雨。春光明媚让她伤怀，秋雨缠绵令她黯然……总之她是一个林黛玉，她的死也是在意料之中。

一场事先可以预知的死亡事件，通常可归纳为红颜薄命。

在南宋淳熙年间，大约在1180年前后，一个有心人出现了，平江府通判魏仲恭路过杭州时，常听到人们在言谈中带着惋惜之意说起朱淑真，并传诵着她的诗词。魏仲恭一听之下，觉得不比李清照、花蕊夫人等女词人的作品逊色，便和一些同好者说起，然后一起留意采集，辑得其遗作三百余首。这数量在历代女诗人中也排得上前列了。这些诗词是否全部是属于朱淑真创作的我们姑且不论。

《断肠集》这个名字也是魏仲恭取的，他在序中说："比在武陵，见旅邸中好事者往往传颂朱淑真词，每茄听之，清新婉丽，蓄思含情，能道人意中事，岂泛泛所能及？未尝不一唱而三叹也！"

但即使是在朱淑真刚刚过世的当时，魏仲恭也没有写出她确切的生平。朱淑真就像是一个梦，各种信息语焉不详，在众说纷纭中她的生平愈加扑朔迷离。魏仲恭语焉不详地如是说，朱淑真"早岁不幸，父母失审，不能择伉俪，乃嫁为市井民家妻，一生抑郁不得志。故诗中多有忧愁怨恨之语"。

这和前述她鼓励夫君求取功名的故事对不上号，或许就是后来小说家发挥想象力的缘由。我读到此处，颇觉诡谲，朱淑真的家世让魏仲恭在当时都没法找到线索，只有一个可能：有人让你不想找到，或者，有一双手故意把所有的这些线索都掐断了。

但这是出于什么目的？仅仅用有伤风化去解释，既简单，又粗暴。它遮蔽了真相，甚至朱淑真究竟活了多少年我们都无从得知，和王朝云相比无疑是一种悲哀。朱淑真去世时是二十岁出头还是三十岁左右，是饱经沧桑还是不谙世事？

朱淑真的父母，无论他们是官宦还是市井之徒，应该总有痕迹留下。但显然我们无从推敲，他们就是被蒸发了。从魏仲恭辑录《断肠集》开始，随着时间的推移，他们只是变成了证明朱淑真存在过的符号：男人和女人，父亲和母亲。

这看起来是多么不可思议，但它真实地发生在朱淑真的故事里。

五

月上柳梢头，人约黄昏后。

这长期以来被认为欧阳修所作的《生查子》，现在大多认为是朱淑真所写。也许只是怕坏了当时的风气吧，所以就把这词按在了欧阳修头上。欧阳修的私德当年一直被政敌所攻讦，说他和儿媳妇有不伦之恋，所以再多一些这样的文字也无伤大雅。

一个女人写这样的词，难道是邀人私奔吗？

朱淑真是大胆的，她的词中更有这样的句子："但愿暂成人缱绻，不妨常任月朦胧""娇痴不怕人猜，和衣睡倒人怀"……

多年之后，那个写《满江红》的杨慎在《词品》里，斥责朱淑真为"不贞"。对杨慎的这种表述，除了悲哀，还有种莫名的感慨。从宋到明，理学的昌盛导致了社会风气的改变，一些原本在生活中习以为常的状态成了殊态，让人啼笑皆非。

这或许能够引出朱淑真的另外一些故事的由来：她的情感生活。这也是之后很多年里人们不断演义朱淑真的故事的起因：对八卦，我们总会投掷更多的热情。

据说在一次西湖春日的诗会中，朱淑真邂逅了一位青年诗人，两人作诗唱酬，互生好感。这个青年诗人是谁，也是个悬案。到了第二年的元宵灯会，他们又碰到了。朱淑真在《元夜》中记录了当时的场景和心情："火树银花触目红，揭天鼓吹闹春风。新欢入手愁忙里，旧事惊心忆梦中。但愿暂成人缱绻，不妨常任月朦胧。赏灯那得工夫醉，未必明年此会同。"

这词怎么解读是读者的事，或许是朱淑真和青年诗人的偷情实录，或许是朱淑真在贫乏生活中的想象。但文字与文字之中，微妙的感情犹如一阵幽风，一定吹过了我们窥伺的花园。

现在摆在世人面前的问题是：朱淑真到底是在和丈夫离异后才另觅爱人，还是在无爱的婚姻中出轨？

在千年之后，我们依然不知那个让她热情荡漾的青年诗人是谁，他们后来怎么了，甚至这是不是出自朱淑真的梦呓我们也不得而知。

对朱淑真的阅读，常常会带来阅读其他历史人物中少有的悖论。当打开一道门的时候，我们会发现在门之后，还有门。这数道门环环相扣，而我们绕来绕去最终不得其门而入。

按照一个简单的推理，一个留下那么多诗词的诗人，他的生平一般都应该是确凿无疑的。朱淑真只是雁过波涛时的投影，她是一个时代孤独的阴影。

或许，她是当时诸多女诗人的一个集体幻影，所以才会有种种矛盾和不解之处。或者，她就是宋人想象虚构的产物，她是我们想象中的摇曳之花。

我们先按照青芝坞塑像上的介绍去看她吧。“朱淑真（约1135—约1180），号幽栖居士，南宋初年时在世，祖籍歙州（今安徽歙县），《四库全书》中定其为‘浙中海宁’人，一说‘浙江钱塘（今浙江杭州）人’。”

如此，我们再去读她的文字，建立在这种具象层面上的阅读，有着抽茧剥丝般层层递进的愉悦。

六

日轮推火烧长空，正是六月三伏中。旱云万叠赤不雨，地裂河枯尘起风。农忧田亩死禾黍，车水救田无暂处。日长饥渴喉咙焦，汗血勤劳谁与语？播插耕耘功已足，尚愁秋晚无成熟。云霓不至空自忙，恨不抬头向天哭。寄语豪家轻薄儿，纶巾羽扇将何为！田中青稻半黄槁，安坐高堂知不知？

在现在认为是朱淑真所写的诗里，偶尔也有这样几首和她一般的风格大相径庭的作品。这才让我感觉到她也许在这片土地上真实生活过，而不是集体想象的产物。但这给我们带来的遗憾是：在她死后，她父母所焚毁的那部分诗稿，到底隐藏着怎么样的真相？

这种推理有时候会带来更多的失落和迷茫，在一个属于个体的小世界里，我们如何去确定一种边界？就像许多年后，美国自白派诗人普拉斯所写的，她处身于钟罩之间。

喧闹和繁华都是别人的，但寂寥和零落却一定是自己的。

曲水流觞，一个明眸善睐的慧黠女子斜倚画廊，当时正值豆蔻年华，初春的风颇有些料峭。少女听到围墙外有隐约的喧闹，她撒了一把鱼食到水中。鱼群簇拥而至，争抢着。她看到了水中的脸庞。

梦里不知身是客

——闲读历史之何栗

分香帕子揉蓝腻，欲去殷勤惠。重来直待牡丹时。只恐花知、知后故开迟。

别来看尽闲桃李，日日阑干倚。催花无计问东风，梦作一双蝴蝶绕芳丛。

——何栗

一

如果一个读书人在不到四十岁的时候，就已经入阁拜相位极人臣；如果一个人不仅书读得好，还生得仪表堂堂、倜傥风流……这个人注定了是世人仰慕的对象，也是时人仰之弥高的偶像。但如果我告诉你这样的一个人，在他结束生命之际也才三十九岁，而且是在极度的失望中绝食而死，你还会认为他是人生赢家吗？

我们要说的这个人叫何栗，字文缜，仙井监（即今四川仁寿县）人，也有其为浙江人的说法（本文忽略这种考证），北宋最后一任宰相。

民间对何栗的想象中颇多传奇色彩，按照这种传奇去演绎，仿佛他的人生就是一场梦，甚至只是一只蝴蝶梦见了他。据说何栗在太学读书时，东京（开封）著名的看相先生孙黯给他算过命，说在命理上何栗的命极贵，将大魁天下。

这个故事载于宋人洪迈所撰的《夷坚志》，后面还有更加有趣的描写。一个术士能够在时人所写的书中留下名字，可想他在当时具有何等的声望。对人类而言，我们总喜欢凝视镜子以确定自己的形象，想在虚空中试图摸到真理的裙角。这孙黯，在当年，无疑担当了导师的角色。

孙黯这个人，也就在何栗的故事中神龙一现，描述中的面目是“袒衣踞坐”，符合我们对世外高人的所有期待。

大魁天下，在北宋是一件极为荣耀的事：唱名东华门外方为好男儿。一个朝代有一个朝代的宿命，后人去看时，当然是漏洞百出。但在当时，很难说赵匡胤他们的想法一定是错的，毕竟五代十国军阀割据的景象犹在眼前。只是在后来的实践中，由于家天下重力的牵引而坠向茫茫深渊，但人和深渊的对视是相互的，就像宋之后的元朝是武夫当国，但依然逃不过王朝百年的宿命。

何栗听到孙黯对自己命数中将大魁天下的判断后，估计是打了一个哆嗦，既有欣喜，又有不确定的犹豫。他和一起去算命的同学黄君对视一眼，带着漫不经心的微笑开口说，大师啊，你看不起我不要紧，何必侮辱我呢！在何栗的内心，对自己会大魁天下也许并没有那么自信，帝国有才华的人如过江之鲫，连苏轼当年也没有状元及第。

孙黯是一个有自信的术士，两人的神态看在眼里便有些恼怒，说，我已经垂垂老矣，虽然日子过得粗陋，但也能勉强维持生计，而你不过是区区求学中的秀才，我奉承你又能得到什么！孙黯接着感慨，你的命里有啊，我也没办法不说。

何栗将信将疑，我揣摩他估计是信了的。何栗问，那么敢问大师，我何时得中状元？答，乙未岁。又问，何年为相？答，不会超过十二年。

然后孙黯又看了一眼何栗，一声长叹，黯然之色溢于言表。何栗问为何，孙黯说，你的命里有着常理难以理解的地方。你身为帝国宰执，却死于异国他乡。我看不懂啊，按照道理，出使他国的，应该是外交官，为什么要一国之相去他国？真不可思议！

这里我们可以抛开何栗本身的故事，转而去看看当时社会的大势。写《夷坚志》的洪迈是南宋孝宗年间的人，他的经历和何栗似曾相识，我们放到后面再说。在这里，孙黯所说的“不可思议”，实际上也是当时国民思想中的“不可思议”：锦绣山河、万邦来朝的大好帝国，《清明上河图》中徐徐展开着的繁华盛世，怎么就突然会被一阵野蛮的风所吹走？

何栗的梦中人生还在继续，蝴蝶翅膀的震颤一时还停不下来。

二

到了考试那一年，何栗从老家前往东京，路过桐柏时，听说当地的庙里可求梦，非常灵验，他就去祈祷了一番。这天晚上何栗入睡后，突然有下人来说霍侍郎要见何状元。何栗出门相见，霍侍郎告诉何栗说，殿试将是道家方面的内容。

醒来，梦中的一切似幻似真，但何栗有些不以为然。尽管当时的皇帝宋徽宗崇道，但何栗认为，国家科考岂能以问道论英雄。

到了京城以后，何栗又求梦于东京著名的二相公庙。当晚梦中有人告知，其内容一如霍侍郎所言。

接连两次做了同一个梦，何栗不由得有点相信了。他醒来后，写了几百字的策论给好友黄君看。黄君认为没有体现出何栗策论的实力，写得不太好。

于是第三梦接踵而至，这回是何栗在朝廷大员枢相邓洵武家里做客留宿后梦见的，似真似幻中，又有从人说霍侍郎来了。这回何栗在梦中恭敬了许多，邀请霍侍郎落座，而霍侍郎告诉何栗说，你昨天所写的策论太荒谬了，不知所谓。徽宗对《道德经》有自己的评注，这两天就会给两府大臣，你可以熟读后融会贯通。果然没几天后，邓洵武得到了一本徽宗校注的《道德经》。何栗求得邓洵武同意后，手录一份日夜研习。

到了政和五年三月，殿试举行，策题果然围绕着“道”

展开。有备而来的何栗当然是回答得花团锦簇，字词之间每每会搔到徽宗的心窝里，让其心有戚戚。何栗的相貌也是非常出色，估计符合徽宗对仪容的审美。好看的人总是在生活中拥有特别的通行证。徽宗大悦之下便点其做了状元，时年何栗二十七岁。

这个故事读下来，稍微思考和判断一下，发现分明就是政和五年的一起科考舞弊案。邓洵武和何栗同为四川人，何栗到了京师就住在他家里，连瓜田李下都不回避，给予关照那是一定的。邓洵武是何栗之前的北宋宰相，他能够给予的提携非同小可。关键是，何栗也能扶得起来。

何栗的这三梦应该是故意传播出来的，以至于几十年之后的洪迈信以为真把它记录了下来。何栗当然是有真才实学的，但是否能成为状元得两说。徽宗深信道家的法术，在以后金军围城时，居然迷信方士郭京能以“六甲法”生擒金兵二帅。此时何栗以梦助攻，只会让他以为是天降祥瑞。

历史的吊诡正在于此，我们习惯于脸谱化非彼即此去分析忠奸，但现实远比想象精彩复杂。遥想当年，徽宗推崇道家，没有下面臣僚的投其所好和推波助澜吗？何栗是否也是其中的一个呢？从这一点上去看，朝堂上的衮衮诸公日后的颠沛流离都是咎由自取，就像我们常常说的一句话，雪崩时，没有一片雪花是无辜的。

何栗踏上青云之路后，受到的仰慕和关注自不待言。据《乐府纪闻》记载，何栗初入官场时一次应邀参加某达官贵人的私宴。席间，一位漂亮聪慧的侍女惠柔，因仰慕新科状元何栗，暗中送给何栗一方蓝丝手帕，手帕上题字，约牡丹花开时再相会。何栗对惠柔也有好感，回家后提笔写下一首《虞美人》表达相思之情，也就是我放在本文开头作为题记的那阕词。何栗表达了自己等不到牡丹花开就盼着与意中人相见的急切心情。但就宋词而言，这并不见得有多高明，大抵就是熟能生巧的文字游戏罢了。

就像何栗另外一阕存世的《采桑子》，词曰："百花丛里花君子，取信东君。取信东君。名策花中第一勋。　结成宝鼎和羹味，多谢东君。多谢东君。香遍还应号令春。"这当然可以一读，但总归有似曾相识的感觉。

中了状元后的何栗，依然是一个待完成品，他的性格和品质还没有显山露水，有待于时间去完成他。

三

徽宗赏识何栗是显而易见的。坊间的传闻是何栗中状元后衣锦还乡，徽宗用他好看的瘦金体题写"何郎面馆"四个大字，赐予何家开的面馆，以示对何栗的恩宠。

御笔的广告效应是明显的，据说全城百姓听说后，潮水般涌向"何郎面馆"观瞻状元风采。

这个故事的真假现在难以考辨，总觉得演义的成分比较多。民以食为天，老百姓想象出的荣耀也多和吃扯上关系。何栗一家都是读书种子，他的两个弟弟此后也中了进士，三兄弟被誉为何家“三凤”，出生地的荣耀带给何家人的虚荣是真实的。

进入仕途后，何栗很快展现出了才干。他历任秘书省校书郎、御史中丞、泰州知府、尚书右丞、中书侍郎，在每一个岗位上都游刃有余。

有趣的是，徽宗性格上就是个艺术家，处理政事属于低能儿，但对博学敢言、正直不阿的何栗却很青睐，这也许就是眼缘。最低能的帝王的内心也不乏手段，或许，治国和玩乐在徽宗的头脑里是有泾渭之别的，只是对治国的那一面，他并不上心。

在徽宗准备升何栗为谏官时，一些眼红何栗的朝臣上书说他与苏轼有乡党之嫌。苏轼作为元祐党人，此时是个禁区。对此徽宗似乎也没有办法，和稀泥在很大程度上是上位者的重要工作，何栗被放遂宁知府。是金子总会闪光，尽管是外放，何栗在那里却干得不错。于是徽宗就有了借口，不久把何栗复调回京，任御史中丞。

也许，徽宗想，往自己的池塘里投下一条鲶鱼，希望能够搅活池水。

此后的一次弹劾让何栗声名大噪，他弹劾的是把持朝政的“六贼”之一王黼。王黼善佞，骄奢淫逸，贪得无厌，是北宋末年著名的佞臣之一。当时京城有童谣这样唱，“三百贯，曰通判；五百索，直秘阁”，是说王黼卖官的疯狂和贪婪。

何栗上章弹劾，他的弹劾不亚于一枚火箭。在奏章中，他一一历数了王黼的十五宗大罪，每一宗罪都是有根有据。

王黼颇有自知之明，心虚了，提出辞职，想躲过此劫。但徽宗犹豫不决，而王黼也并未交出宰相官印，他还心存侥幸。何栗又连上七道奏章弹劾他，徽宗迫于压力，罢免了王黼等同党。

读何栗的故事时我们会发现，他的一生充满了戏剧性，仿佛他的人生有着一种既定的假设。此后，由于他得罪的人太多，徽宗尽管喜欢他，但架不住众人推墙，何栗被罢黜，流放江苏泰州。

孙黯当年判定他十二年内宰执天下的预言还能实现吗？此时已经十年过去了，如果按照此前的一帆风顺，加上徽宗对他的喜爱，走上宰辅之路还有可能。但十二年也未免太快了，何栗都还没有到不惑之年。

偏偏战争来了，何栗的宰相之门是被战争所打开的。1126 年，金兵南下，宋徽宗颁“罪己诏”，禅位太子赵桓，是为钦宗，改元靖康。1126 年的某一天，郁郁寡欢的钦宗想起了那个敢于和庞大的权贵作斗争的何栗，也可能是想有一番作为，何栗被召回，任御史中丞，接着加升为翰林学士，进尚书右丞兼中书侍郎，参知政事，为相辅政。

此时，离何栗状元及第刚好不满十二年。

四

世人对何栗的好感恐怕是缘于他的主战。虽为一介书生，他有少有的决绝。

金军如蝗虫一般席卷而来。朝廷赔送金人大量财物后，金人并不满意，要求北宋割让中山、河间、太原，并下了最后通牒：十天后北宋谈和使者不到，就挥兵开封。

当时在朝中的大臣唐恪等都主张将三镇割让求和，但何栗坚决反对。他的理由是："金人狡诈，出尔反尔，割三镇，金军亦来；不割三镇，金军亦来。三镇乃重地，不可放弃！"

左边耳朵听到的是这样，右边耳朵听到的是那样，钦宗本来就是优柔寡断的性子，更加不知道如何选择了。

何栗扼腕疾呼："河北百姓是我炎黄子孙，弃三镇则如弃赤子，难道身为父母，就如此不怜惜天下百姓的吗？"

这个发声是站在道义制高点上的，让钦宗无话可说。作为朝廷的最高元首，他站在了何栗的一边，拒不割让，并按照何栗的建议，以康王赵构为天下兵马大元帅，宗泽、汪伯彦为副元帅，并在京师周围设东、南、西、北四道总管，统兵抗敌。

后人对这个拒不割让颇多争议。从战术上而言，一时的割让也许能够赢得时间。但要命的是，宋立国后，与士大夫共天下，自废武功已久，很难短时间内组织起像样的反攻。或许，何栗他们清楚已经退无可退。何况在此期间，何栗还被调职当了十日府尹，一府之尹只当十日，可想见当时朝政的混乱。

何栗以资政殿大学士领开封府尹，是1126年11月17日。

作为当时的国际大都会开封，在北宋一朝地位显赫，宋太宗、宋真宗、宋钦宗未即位前皆曾以亲王、太子身份主持府务，而名臣寇准、范仲淹、蔡襄、包拯、欧阳修等亦皆曾权知府事。但很奇怪，也许是位置的重要，从960年第一任开封府尹昝居润起，到1105年开封府尹李孝寿止，一百四十五年中竟有一百八十三位府尹，如果算到何栗为止，则有二百多位。

二百多位府尹，每位府尹的任职时间平均不到十个月。尤其在李孝寿之后，府尹更换得更加频繁。特别是钦宗即位以后，当年正月任命聂山领开封府尹，至11月17日何栗领开封府尹止，不到一年换了八任府尹。

何栗知开封府最多十天，甚至更少，因为战争已经白热化了，何栗又有更重要的使命。

宋金之间一开始还有谈判，作为帝国的操盘手之一，出使敌营是何栗不可推却的使命，也让他恍然如一个梦魇。和所有书生一样，他开始时同样是胆怯的，别看主战时慷慨激昂。太学博士、吏部侍郎李若水在大殿中怒喝："国家社稷将倾，我等可得以幸免吗？"

这李若水的故事或许比何栗更有英雄气。在后来徽、钦二帝被俘备受羞辱时，李若水怒斥粘罕不讲信义。粘罕反而喜爱这样的忠肝义胆之士，对李若水说："今日顺从，明日富贵矣！"李若水拒绝，粘罕又命人以父母年事高劝慰李若水。李若水说，国家之事面前，家是顾不得了，并大骂粘罕。

粘罕命人割下李若水的舌头，李若水便怒目而视，以手相指，又被挖目断手，最后寸磔而死，年仅三十五岁。赵构即位后，追赠李若水观文殿学士，谥“忠愍”。

何栗毕竟是有勇气之人，慷慨赴命。据说侍从将何栗扶上马背时，他的手仍不自觉地发抖，马鞭掉了三次。但经历了几次谈判后，何栗的状态越来越好，每每与金人谈判时，都能谈笑风生，还避重就轻，四两拨千斤。后来，金人中有这样一种说法：若要谈判，千万不要和何栗、李若水这两个人谈。这个说法，我们大可以当故事来看，修史者多少会有溢美之词。在战争中，其实是拳头大的说话，个人英雄主义并不靠谱，尽管这两个去谈判的文人最终的死节值得我们钦佩。

书生的伶牙俐齿并不能扭转战局，历史没有留下这样的记录。当时的金国有没有想过灭国之外别的选择？他们同意谈判的初衷是什么？反正到了这一年的 11 月底，经过两个多月的协商不成后，金兵渡过黄河，攻陷开封，俘虏了徽、钦二帝。

又过半年，1127 年 3 月，金兵掳徽、钦二帝后班师北撤，后宫、官吏、工匠等数千人一并北去，何栗也是被掳一员。历史上称该事件为“靖康之耻”。一个看起来花团锦簇的盛世，就这么突然间轰然倒塌，犹如美梦的破灭。在逶迤向北的囚犯队伍中，何栗望着囚车上的两帝，这个时候，孙黯的预言或如泡沫破裂在何栗的耳边发出清脆的微响，这响声只有他才能听见。而车辙，在泥地里如蝴蝶翅膀上的斑痕。

时穷节乃见。

五

念念通前劫，依依返归魂。人生会有死，遗恨满乾坤。

据说这是何栗在北庭所写。国破君虏，生灵涂炭，无力回天的他，做了一个士人能够做的壮烈之举：绝食而亡。何栗死意已决时，还交代金兵不要把自己的死讯带给年迈的父母，这是他对这个世界的留恋。

赵构在临安登基后，并不知道何栗已殉国，以他在开封时对何栗的认识，感其忠义，下诏任命何栗为观文殿大学士、玉局观提举。后得知何栗的死讯，赵构乃赠其开府仪同三司的荣典。

在《宋史》卷三百五十三“列传第一百一十二”中有一段意味深长的描述，当时就有人反对这种恩宠，认为何栗的主战误国，如果不是何栗这样的主战派，北宋的国祚也许会有转机。在这反对声中，高宗给予何栗的荣典就被耽搁了。

但这时从北边回来了一个人，这个人就是遗臭万年的秦桧。秦桧是何栗状元及第那年考中的进士，说起来是同科进士，有同年之谊。秦桧也是在数千人的被掳之列，此时他及其家人徒步两千八百公里，独自回到了临安。当时有人怀疑，秦桧一定是做了金人的内奸才得以被放回，否则数千人中，为什么只有他一家能够回来？这用忠心或运气都是无法解释的。

但秦桧回到朝堂上时，却把何栗绝食而死的事讲给了高宗听，言辞中不吝赞美。于是高宗下诏说："栗何忠义！"

1130年，改赠何栗以大学士，而朝堂上的诸人此时无话可说。或许何栗在大局观和战略眼光上存在问题，但爱国的激情却是不争的事实。

这里值得玩味的是，秦桧为什么要把何栗的壮举说出来？他这样的坦白是出于什么心态？或许是为了表明自己忠君爱国的态度，而何栗的悲壮之死是他的一个工具。虽然如此，但何栗的绝食举动毕竟是因为秦桧才得以被颂扬。在以后秦桧秉政的许多年里，午夜梦回，他可曾想到过何栗之死？

如果从心理学的角度去分析，我们也许会发现秦桧以后一系列行为的出发点，这其中一定包括何栗之死。

那个记录了何栗之梦的洪迈，其最重要的著作就是《容斋随笔》，一部被认为是内容丰富、议论精当，涉及领域极为广泛的著作，自经史诸子百家、诗词文翰以及历代典章制度、医卜、星历等，无不有所论说，在中国历史文献上有重要地位和巨大影响。

洪迈的父亲洪皓官至礼部尚书，1129年奉命出使金国，由于拒绝接受金人所授的官职被扣留十余年。1143年，洪皓才回到临安。正是父辈的这种经历，从情感上来说，让洪迈对何栗有天然的亲近感。但以梦来诠释何栗的这末世宰相之路，尽管掩藏了一些暗中的东西，却也暗喻着大梦初醒，让何栗从同谋中解脱了出来。

在数日绝食之后，何栗已极端虚弱，肉体在恍惚中变得轻盈，仿佛能够飘浮在空气之中，漂浮在北地的草木气息里。何栗恍惚中看见一只翩跹之蝶，在舞动中突然折翅坠地，与广阔的天地融为一体。

何栗阖上了眼，再也看不到那个帝国的繁华了。

谁洗百年忧

——闲读历史之宇文虚中

回首两朝俱草莽，驰心万里绝农桑。

人生一死浑闲事，裂背穿胸不汝忘！

——宇文虚中

一

“天日昭昭，天日昭昭”，岳飞之冤为世人所熟知。南宋王朝的开端是很打击人们激情的，但奇怪的是，在南宋此后一百多年的历史中，从来不乏慷慨激昂之士。岳飞冤，但和他同时代的同僚中，有人在极端艰难的情况下一心报国，却被自己的国出卖得阖家一百多人被烈焰焚身。这个人是不是比岳飞更冤？岳飞死后一直被人所赞颂，而此人大抵消失在历史的虚无间。

他叫宇文虚中，一个很适合放入武侠小说的人物名字。这个名字实际上还代表着一种荣耀。宇文虚中原名宇文黄中，字叔通，别号龙溪居士。在1109年进士及第时，他的风姿仪态让宋徽宗很满意，就赐其名为“虚中”。在若干年以后，他还被赐予了赵姓，仿佛是更大的荣耀，我们后面慢慢说来。

据说宇文虚中的诗文非常了得，《宋史》和《金史》都说他有文集行世。金人赵秉文称：“本朝百余年间以文章见称者，皇统间宇文公、大定间无可蔡公、明昌间则党公（怀英）……”但隔了这么多年，到今天这些诗文早已经散失，这从另外一个角度可以佐证宇文虚中当年生存状况的恶劣。

现在还能够读到的宇文虚中的文字，大抵是诗五十余首，而在《宋代蜀文辑存》中，录长文短简十二篇。

宇文虚中是从地方官开始踏入仕途的，几年后转为起居舍人。起居舍人官不大，宋初为六品寄禄官，不领本职。到宇文虚中任职时，北宋已是夕阳之时，这个官职也已经转变为从六品实职，掌记皇帝言行。换句话说，宇文虚中是天子近臣，前途一片光明。

之后，宇文虚中不负众望，先后担任国史编修官、中书舍人等职。但世道在靖康之年突然转变，承平日久的帝国遭到金人入侵，而宇文虚中的命运就此改变。

后世去看这场战争的起源时，和历史上少有的被封为王的大太监童贯的主战脱不了干系。一般人总会以为强硬的主战是爱国，而主和是投降派的行为。但就事论事，在实力不对等的情况下主战，有以卵击石的幻灭感。宇文虚中是清醒的，在战争开启之初，屡屡上书，坦陈自己对这场战争的看法，认为能不打就不打。朝廷却没有采纳。

靖康之年，年号本来是期冀安康、安乐，但和此背道而驰的是，战争这人类历史上阴魂不散的怪兽在当时的宋金两个大国之间启动。不出宇文虚中所料，或者说是对时局的理性判断，宋果然大败。

在朝堂上下一片静寂之时，宇文虚中升任资政殿大学士。这在和平时期会让人羡慕嫉妒恨，但在此时，这种升迁却让人哭笑不得。宇文虚中最先是赴军前安抚勤王军队，使命完成后，拜签书枢密院事，具体的工作就是负责与金人议和。

宇文虚中是议和派吗？从后面的行为看好像也不是，他只是一个理智的思考者。但时间让一切变得似是而非，我们很难说自己的判断是正确的，所谓此一时彼一时。作为朝廷的一员，宇文虚中不能拒绝顶层派遣的这些任务。但宇文虚中一生的悲剧在这里初现端倪，很像是卡尔维诺小说中的某个人物。

在宇文虚中等人组成的宋代表团和金缔结和约后，金国统帅宗望（我们通常叫他斡离不）把军队回撤到了孟阳。宋的大将姚平仲此时却率军夜袭金营，也许是想攻打金军一个措手不及。姚平仲也是历史上的一个传奇人物。但对这次夜袭的争论，从当时起就一直没有平息过，其间还牵涉到东京保卫战的主导者李纲。一场不成功的袭击带来的是悲剧。

在记载中，姚平仲就此流落江湖销声匿迹，许多年后出现在世人面前时，已经是一副得道的高士模样。潜伏多年后，姚平仲在乾道、淳熙之间始出，年龄也有八十多岁了，人们在丈人观道院看到他，紫髯郁然，长数尺，面奕奕有光。这里略过不提。

第二天，宗望重新进兵包围了汴京（今河南开封）。金兵此时是带着情绪而来的，有着契约被背弃后的愤怒。

刚刚回转的宇文虚中再次被派到宗望那里，觍着脸说这违反契约精神的袭击是将帅自作主张而为，希望和议依旧。但结果可想而知，而没有达成和议的替罪羊却是宇文虚中，认为他没有完成本职工作，于是被罢职降任到青州，又贬职迁官。到了 1128 年，贬谪到韶州。

让人啼笑皆非的是，到了赵构在临安建立政权后，为了鼓舞士气，却又追究起宇文虚中参与议和的过错了，并将其贬为青州知州。

宇文虚中的这种尴尬境况，或许是一个时代的缩影。内斗内行，外斗外行，其实一直都有，在乱世中表现得更为斑驳，而人的际遇之吊诡也让后人疑惑不已：究竟是哪里出现了偏差？

但我们要知道，宇文虚中的故事才刚开始。

二

换了另外一个人，如果有宇文虚中这样的经历，也许早就消沉了。宇文虚中却热血依然，到了赵构当皇帝的第二年，1128 年，朝廷又要派人出使金国。

没有人想去，也没有人愿意去。或者说，靖康年的悲剧不仅仅是一场耻辱，同时也成为一道笼罩在时人头顶的阴影。以身涉险是不理智的。

“虽千万人吾往矣”，听起来很有豪迈的气概，事实上也是很豪迈，却布满荆棘。关山千万重，没有巨大的勇气和足够的信心是无法抱有收拾旧山河的情怀的。

宇文虚中慨然应诏，这对赵构无疑是一种解脱。要不，满庭的冠冕肃然之官员，没有一个主动站出来的，平日的慷慨豪迈都成为一种虚影，这打的是官家的脸。

现在好了，终于有人应声站了出来。宇文虚中一下子又成了香饽饽，赵构下旨，复职宇文虚中为资政殿大学士，任祈请使。

但这个时候，金国气焰极盛，想席卷的是宋的整个疆域，即使是风雨飘摇的半壁江山他们也不想放过。作为强势的一方，他们对两国间的交往根本就不讲规矩，在宋出使金的大臣中，王伦、朱弁俱被扣留，宇文虚中同样也被留下。

国与国之间没有长久的友谊，也不会有长久的敌视和战争。国内的形势左右着两国关系的转向。到了第二年，金国的内部矛盾大约增加了些，宋金之间剑拔弩张的关系松弛了一点，金人欲放宋使回归江南，宇文虚中当然也在放归的名单之中。

宇文虚中再次有出人意料的举动，他对金人说：“二帝未归，我不能回去。”这说的是宋徽宗、宋钦宗“北狩”。从史书中的记载和民间的描述中可以看出，金人所建立的国家属于虎狼之国,野蛮,习惯用武力说话。但野蛮并非一无是处，比如对文明的仰慕和对文化的尊崇，缩小到个体，便是对文化人的尊重。粘罕（完颜宗翰）对李若水就是如此，最后却因爱成恨，李若水落得凌迟而死。

按照史书上的记载推断，宇文虚中应该是个高个儿，仪表堂堂。这得益于他具有鲜卑血统。外貌协会的总是讨人喜欢。宇文虚中颇受金人高层的青睐,加上他文采卓然,金人“加以官爵,（宇文虚中）即受之”。金人很直接，用人就是用人，让宇文虚中与礼部尚书、翰林学士韩昉具掌词命。

韩昉字公美，燕京人。仕辽，累世通显，他五岁丧父，哭泣尽哀。据记载，韩昉性情仁厚，待人接物甚为宽容。曾被家奴诬告,查无实据,官府将家奴还予韩昉。韩昉待之如初，并言：“奴诬主人以罪，求为良耳，何足怪哉。”这简直就是一个滥好人，时人也称其像一慈善长者。

韩昉虽为显贵，诗书未尝离手，且善属文，尤长于诏册，所著《太祖睿德神功碑》，为当世所称誉。韩昉的宽厚不仅本国人爱戴，在周边的国家中同样也受到尊重。他出使高丽，归来后，每次高丽使者来访，肯定是要问安于韩昉的。

和这样的仁厚长者搭档，并且能够谈诗论道，对宇文虚中而言，是一件幸事。

到了 1135 年，金熙宗即位，粘罕（完颜宗翰）为太保领三省事，封晋国王，乞致仕。批答不允，这个答复就是宇文虚中所写，花团锦簇，喝得满堂彩。

金人当时对宇文虚中怎么个赏识呢？我们可以看看宇文虚中在天眷年间的升官速度之快，也就是1138—1140年这三年中，他累官至翰林学士、知制诰，兼太常卿，封河南郡国公；以书《太祖睿德神功碑》，进阶为金紫光禄大夫。

《太祖睿德神功碑》由韩昉所著，现在由宇文虚中书写出来，文、字相得益彰，或者可以说是交相辉映。

宇文虚中在金国的升迁，称之为坐火箭并不为过。在自己的同类中泯然于众人，甚至因为任事遭遇到种种诘难，而在曾经被自己视为蛮夷之邦那里却抵达人生的巅峰。我们现在无从推究宇文虚中当年的心情，或许他乐不思蜀，尤其到了数年之后，他更被尊为国师。宇文虚中恃才傲物的性格也在这里表现得淋漓尽致，他常常在公开场合嘲笑金人的粗鄙，也许是刻意的。作为一个业已成熟的间谍，他的每一种表现应该经过深思熟虑。就像王翦出征前要求秦始皇给各种赏赐一样，那是为了消除皇帝的戒心。

事实上当时的人也是如此看待他的，之后几年使金的宋使洪皓（写《容斋随笔》的洪迈之父）等人就很鄙视他。他们来到金国后，宇文虚中想见一面故国来人都不可。在大殿之上，他们也是以充满道德优越感的目光看着宇文虚中，仿佛注视着一个小丑。

这个小丑是戴着面具的，面具下的那张面容他们看不清楚。士为知己者死。宇文虚中当然也可以这样，反正他已经背上了叛国者的“美名”。

既然宇文虚中是以文化人的身份进入金国朝堂的，和金国大儒韩昉搭档，我们不妨先看看他在诗词上的造诣。诗言志，和人生的经历其实息息相关。宇文虚中在两宋故地时的诗不过泛泛，留存于世的也不多，诗也平淡，无非是个人的闲愁。入金被囚后，字句中颇有金石之音逸出，比如：“满腹诗书漫古今，频年流落易伤心。南冠终日囚军府，北雁何时到上林？开口摧颓空抱朴，胁肩奔走尚腰金。莫邪利剑今安在，不斩奸邪恨最深！”（《在金日作三首》之一）

在词《迎春乐·立春》中他写：“宝幡彩胜堆金缕，双燕钗头舞。人间要识春来处。天际雁，江边树。故国莺花又谁主。念憔悴，几年羁旅。把酒祝东风，吹取人归去。”

他甚至写过一首《题平辽碑》：“十丈丰碑势倚空，风云犹忆下辽东。百年功业秦皇帝，一代文章太史公。石断云鳞秋雨后，苔封鳌背夕阳中。行人立马空惆怅，禾黍离离满故宫。”

在这些字词里，我们可以读到什么？是对故土的眷恋，是心底的抑郁，是情怀的别抱……这些诗词，如果放在“清风不识字”的年代，妥妥的文字狱，这不得不让人感慨金国高层其时的胸襟开阔，而清朝从血缘上而言，很可能接近于金。当然在当时的氛围里，金国高层也可能是不以为然，文字只能在歌功颂德时锦上添花，却不能杀人伤人。

一个宋朝的进士，在金国成为高官。宇文虚中的传奇在这样书写，为当时的正人君子所不齿。但人们所看到的，只是大河的表面，在或平缓或激流的河面之下，暗礁密布，甚至可能顷刻覆没。

三

宇文虚中开始了他的表演，不得不说，他具有这方面的天赋。比如说金人要南侵，在朝堂上征集意见时，宇文虚中总能想出各种劝阻的理由，而且这些理由都站在为金人着想的这一边。

我们可以想象一下这样的对话，在群情汹汹的朝堂上，宇文虚中从容淡定，举止优雅。

场景一：宇文虚中拱手，说，现在去攻打宋国，季节不对啊，人疲马乏，不如等到明年春天一举成功。

场景二：宇文虚中拱手，说，宋国最近战斗力很强，不如避其锋芒，过些时再说。

场景三：宇文虚中拱手，说，天象不祥，此时出兵恐不吉。

场景四：宇文虚中拱手，说，有情报显示，宋人已有防备，此去恐损兵折将。

……

如是的理由颠三倒四地用，总之是不想让他所打工的这方出兵。有趣的是，金主也每每听从宇文虚中的规劝，这减轻了立国之初的南宋所承受的不少压力。别人也许不一定了解，但南宋皇室对其贡献可谓心知肚明，从许多年后给予宇文虚中的哀荣中可以窥见，这个我们后面再说。

我猜测金主对宇文虚中所提出的判断的信任，更多的是因为有事实佐证。这些事实是宇文虚中刻意创造出来的。比如他身处高位，能够时常派人送出情报，把金国的虚实告知南宋朝廷。这样宋廷就能有针对性的布防，而这反过来又能够证明宇文虚中判断的准确性。

我唯一的疑问是，这是宇文虚中一个人的表演，还是赵构和他共同商议的行动？从后面的故事发展去看，宋高宗赵构和宇文虚中有默契，但肯定不是共谋。宇文虚中是真的做到了以身许国，用个人的行动为一个王朝续命。

但暗影正在袭来：常常在河边走的人，尽管演技过人，却总归要湿鞋的。

皇统初年，宗干去世，宗弼全面掌握金国朝政。这个宗弼，就是《说岳》里的大魔王金兀术，从历史的记载去看，其人其志均为一时之选，夸张一点说是雄才大略也不为过。岳飞也是在这一年以“莫须有”的罪名在风波亭遇难成千古奇冤。

到了 1142 年，宋人再次请和，其誓表曰：“自来流移在南之人，经官陈说，愿自归者，更不禁止。上国之于弊邑，亦乞并用此约。”

读史时，这一段历史让人眼花缭乱，感慨政治的肮脏和人心的自私。在那几年的军事拉锯战中，陕西与四川的吴玠、吴璘接连击败宗弼，稳住了川中形势；刘锜取得顺昌大捷，岳飞一部进攻到朱仙镇，战争形势对南宋非常有利。但宋高宗却不想打了，希望和金国讲和。原因大家都很清楚，岳飞的“天日昭昭”四字道尽了其中的奥秘。

对宗弼而言，这是瞌睡时送来了枕头，当时金国的兵锋已有所收敛，战，则是两败俱伤。宇文虚中身在金国，自然洞悉其中的秘密，他的密信中建议朝廷不要急着议和。这或许是矛盾的根源，战争的双方都各有算计，唯独宇文虚中考虑的是国之利益。

议和时发生了一件在旁人看来应该欢欣雀跃的事。金给宋下了国书，发遣李正民、毕良史还宋，并要求宋移交在金国当官的张中孚、张中彦、郑亿年、杜充、张孝纯、宇文虚中、王进等人的家属到北地。在上面名单里的这些人，无论是还宋的还是要迁居过来的，知道这个消息后，大多数人的幸福洋溢出来，可以归家，或者家人可以团聚了啊！但宇文虚中惶惶不可终日，毕竟他是在刀口下过日子。

一个更加有可能的隐蔽的现实是：宋金议和中，为了保证主和的秦桧的地位不受威胁，宗弼要宋朝保证不能轻易废掉宰相。投桃报李，秦桧把宇文虚中是宋朝间谍的实情告知金，宗弼半信半疑。秦桧于是出主意让金取宇文虚中的家属，这自然是做人质的意思。

从宗弼这方面来说，他们也是爱极了宇文虚中的才华。

《宋史》中有对这一事的描述，结果相同，演员相同，但立意不同。“桧虑虚中，沮和议，反遣其家至虏，以牵制之。”这个说法从逻辑上看不太站得住脚，因为宇文虚中一直反对金国南攻宋朝，当时金国的兵锋远胜南宋，宇文虚中主张金国和南宋议和。

知道家属要送到金国这个消息时，宇文虚中内心的煎熬和焦灼可想而知，他知道举家全来的后果：要么放弃自己的理想，要么玉石俱焚。虽然南宋事实上已经放弃了他，他却不能舍弃自己的国。宇文虚中还是挣扎了一番，他拜托同为使臣的王伦回朝后密奏高宗，大意是如果金人索取家属，就说宇文虚中的家人已经被乱兵所杀。

按照当时的交通条件和通信条件，真要遮掩也就遮掩过去了。而宇文虚中的儿子宇文师瑗，此时在南宋某个地方做个小官吏，也上书，请求不要把自己的家人送往金国。父子同心，宇文师瑗当然知道其中的利害。但世事的险恶就在这里：赵构再次向世人展现他作为棋手的凉薄，可能在他看来，棋子要有棋子的自觉。赵构放弃宇文虚中如放弃一条用过了的老狗，也许是他求和之心太过炙热，这老狗的剩余价值没有求和重要。

在秦桧的催促下，宇文虚中一家老小百余人全部被送到了金国。

如果换作另外一个人，也许从此海阔天空。已经把他的根都从南方迁移到了北方，宇文虚中大可以在北地翱翔，把之前的一切当作是过眼云烟，他也对得起宋朝了，何况金主对他的恩宠和赵构对他的背叛大相径庭。即使在秦桧告密后，金人对宇文虚中有了防范之意，但到 1144 年，宇文虚中转承旨，加特进，迁礼部尚书，承恩如故。

四

隔着时空去读宇文虚中，总觉得他就像是塞万提斯笔下那个名满天下的唐·吉诃德，进行着一场可笑而又荒唐的个人战争。他自己甚至知道这场战争的结局，但他被一种狂热的信念驱使着。

对宋室来说，宇文虚中是一个不存在的骑士。

这场战斗，最终是属于宇文虚中一个人的。即使那个他所效忠的政权从事实上放弃了他，他依然痴心不改，但命运并没有因此眷顾他和他的家人。

1146 年 6 月，在一场老天都为之闭上眼睛的大火里（天为之昼晦。这可能出于写史者内心的同情，使得他用隐晦的笔调来述说），宇文虚中和全家百余口一同被活活烧死，成一个时代的梦魇。

事情起始于“唐括酬斡家奴杜天佛留告虚中谋反”，但查无实据，于是说宇文虚中家里的书籍都是谋反的证据。宇文虚中说：“死自吾分。至于图籍，南来士大夫家家有之，高士谈图书尤多于我家，岂亦反耶？”

本来只是争辩之语，不料却害了好朋友高士谈，他也被以谋反罪处死。高士谈是韩武昭王高琼之后人，宋英宗宣仁高皇后之族弟，为人温文尔雅，多与诗友唱和，也是被扣留在金国后从政的。

在后来修订的《金史》中，说宇文虚中之死主要源于他的傲慢和对女真贵族的鄙薄，这也是后来史学主流的意见。但袁枚在《随园随笔》摘选散佚的宋人施德操的笔记中，有这样的记载："谋挟渊圣南归，为人告变。虚中急发兵直至金主帐下，金主几不能脱，事不成而诛。"

真相或许就在这几行字中，宇文虚中的死是个罗生门，真相只能从各自的角度去理解。比如我们看到的典籍上有这样的记载："是资政殿大学士宇文虚中既为金人所用，虚中知东北之士愤为左衽，密以信义感发之，从者如响。乃与其翰林学士高士谈等同谋，欲因亶郊天就劫杀之。先期以蜡书来告于朝，欲为之外应，秦桧拒不纳。会事亦觉，虚中与其子直显谟阁师瑗皆坐诛，阖门无噍类。"（《建炎以来系年要录》卷一五四）

清代的全祖望推测说，宇文虚中试图带两圣（宋徽宗、宋钦宗）南归，事情将要成功时，秦桧把他带信的蜡丸给了金，遂与同谋高士谈阖门受害。这个推测思之极恐，因为高宗赵构是不愿意两圣还朝的，所以才有秦桧对宇文虚中和高士谈的出卖。

也有人在解读中提到当时金国的国策。那一年，汉人丞相韩企先刚死，而宇文虚中是他提拔上来的，包括高士谈。尤其是宇文虚中，既是降臣，又有国师之名，在民众中尤其有威望，故不能以间谍罪论处，但谋反罪所引发的涟漪会小许多。

一切都是烟云，一切都是命运。

一个一直与命运作战的勇士就此烟消云散。我不知道在熊熊烈火中，在家人惊惧的眼神里，在生的意识片刻后就要模糊的状态下，他后悔过吗？他觉得自己奉献一生的事业值得吗？

命运仿佛是给宇文虚中开了个玩笑，在他死后，对峙的两国对他盖棺论定时又有分歧。

《金史》的宇文虚中传里，认为他很冤枉，却在他传记后的评论里说，“朝至上京，夕受官爵”，“行己有耻”……

这分明是一种鄙视。如果我们联想到宇文虚中身在金营心在宋，也是可以理解的曲笔和污名化，甚至有一种被戏弄之后的恼羞成怒。

南宋这边，在宋高宗赵构退位后，到了宋孝宗淳熙年间，宋孝宗追赠宇文虚中开府仪同三司，谥号为肃愍，并赐庙号为仁勇。历史上的宋孝宗即位不久后就发动了隆兴北伐，并为岳飞平反。从这个角度去看，宇文虚中之死和岳飞也相仿佛。

宋孝宗还把宇文虚中的同族宇文绍节过继给宇文师瑗，也就是过继给宇文虚中当孙子，让他有香火延续。这个宇文绍节也争气，先是补官仕州县，后来中进士，最后还做官做到吏部尚书。

九泉之下，宇文虚中有知，不知道会是怎么样的心情。追赠宇文虚中开府仪同三司的这一年，距离他的死已经有三十二年了。

到了 1205 年，宇文虚中被加赠少保，赐姓赵，并赐宇文虚中的儿子宇文师瑗宝谟阁待制。

宇文虚中终于成了赵家人，应该称呼为赵虚中了，这也许是一个人臣所能到达的巅峰。这一年，距离宇文虚中之死已经五十九年，也就是将近一个甲子。

在漫长的近一个甲子之后，上京城里人肉被焚烧后的味道想必已经消失，那些嗅到过这残酷气味的人也都已尘归尘土归土，金国的都城也已经迁到了燕京。在不久的将来，这都城还将迁到汴京，曾经被他们攻陷的北宋都城，也是他们所羡慕的繁华中原。再有不到三十年的时间，到 1234 年，金国被窝阔台统帅的蒙古大军所灭。

在金国消亡三十余年后，1278 年，另一个铁骨书生陆秀夫抱着南宋末帝自沉于崖山附近的海域。崖山成为历史上的一段分割线，崖山之后的说法，也成为一种隐痛。

宇文虚中为之奋斗，甚至不惜以家人百余口的生命作为赌注的锦绣江山就此易主。金和宋两个恩怨纠葛的国就此湮没，不是败亡在彼此，而是败亡在他们所想不到的敌人之手。

那个时候，人们如果说起宇文虚中时，他姓赵，但很多年后，人们提起他时，还是叫他宇文虚中，而不是赵虚中。他的一些往事已经不可追寻，我们只能从历史的蛛丝马迹中窥见端倪，但依然为之唏嘘喟叹。

五

今夜家家月，临筵照绮楼。那知孤馆客，独抱故乡愁。感激时难遇，讴吟意未休。应分千斛酒，来洗百年忧！

这首《中秋觅酒》是宇文虚中1128年所写，那时他刚从临安来到上京，于他，这是一座陌生的城市。宇文虚中不知道的是，自己的余生将在这座城市里度过，最后化为一抔灰烬。

在上京的小酒馆里，月光皎洁，宇文虚中抬头，他思念起临安的家人来，他们可好？这也是宇文虚中写得最好的诗文之一，愤怒出诗人，思念也会出诗人。

那一晚，他烂醉如泥，而醒过来时，北地料峭，他呼出的气息袅袅扩散，在空气中竟然拼出了一张似曾相识的脸，他觉得很像一个人，但一时想不起是谁，想伸手摸时，突然就不见了。

那一刻，他有悲哀和忧伤。当他的身体里藏着一个国家的时候，谁能够洗他的百年之忧呢？

自有风吹手中满

——闲读历史之韩彦直

人有几何般。富贵荣华总是闲。自古英雄都如梦，为官。宝玉妻男宿业缠。

年迈已衰残。鬓发苍浪骨髓干。不道山林有好处，贪欢。只恐痴迷误了贤。

——韩世忠

一

是不是有两个韩彦直？就像卡尔维诺小说《分成两个半的子爵》里的子爵一样，一个善良、纯洁，一个邪恶、凶狠，充满着人性的对峙；而两个韩彦直，一个文，一个武，迥然不同。文的韩彦直来自历史，而武的韩彦直出自民间的想象。

我最初知道那个武的韩彦直的形象来自《说岳》。他是岳云的结拜兄弟，书中说，韩彦直的父母是大名鼎鼎的韩世忠和梁红玉："当有二公子韩彦直，年方一十六岁，使一杆虎头枪，勇不可当。”从正常的历史时间去看，这个时候的韩彦直大概不到十岁。

韩彦直几枪挑死大太子粘罕，一路闯过金营，书中有这样的赞美：“跃马扬威立大功，一朝疾扫虏尘空。封侯万里男儿志，愿取天山早挂弓。”

少年时读到这样的故事，每每壮怀激烈，却不去想想，如果这是真实的人和事，那么历史早就改写了。这就像网络文学中的穿越小说，从根子上去看，就是一种意淫。但人们却喜欢那种虚幻的爽快，我也不能免俗。

评书中后面的情节更使少年热血沸腾。在牛头山上，韩彦直觐见高宗后，带着圣命准备返回，岳飞唯恐他在穿越金营时有所闪失，便命长子岳云护送其通过守备森严的金军大营。两位小将行至金军营前，岳云摆开双锤，端坐马上大喊道：“快些让出一条路来，待小爷送客！”随即便提锤跃马闯入金军大营。金兵金将一看，那个锤震完颜金弹子的活煞神来闯营了，一个个胆战心惊、浑身战栗，自动让出了一条大路。即便如此，行动稍微迟疑的金兵金将还是被快马杀至近前的岳云结果了性命。

出营后，韩彦直本该回去复命，可是少年好强的他一转念：“岳云果然如同传说一般，厉害异常！索性我也送他一程，也好显显我的本事。”

韩彦直不顾岳云的劝阻，挥枪跃马，再次冲入金军大营，杀开一条血路送岳云回山。惊魂未定的金兵金将们，刚刚还在为送走了活煞神而庆幸，不想又惨遭杀戮，躲避不及的众兵将早已被韩彦直杀伤了一大片。两位小将行至牛头山下后，似乎还在为没有分出高下而心中不服。岳云再度杀回金营，又将韩彦直送了回去。金军众兵将经历几番杀戮后，也早就识趣地撤到了安全距离，在营中闪开了一条通道，任由两位小将在营中随意驰骋，没有任何阻碍。

这样冲进冲出的数回合后，苦了金兵，人仰马翻，成为韩彦直和岳云的道具。厮杀之后，两人更是意气相投，义结金兰。这也是中国传统评书里的应有之义，老子英雄儿好汉，大人相交莫逆，小辈自然也是兄弟。

这些写得活灵活现，就像是真实发生过的，使我一直惦记着书的后面会不会出现韩彦直，比如岳云遇到危难时。但韩彦直的形象在评书中的出现犹如惊鸿一瞥，极其惊艳，也极其短促。他在书中的现身，使得我真正面对历史上的韩彦直所遗下的痕迹时，恍如面对一个陌生人，甚至不太会想到他是韩世忠和梁红玉之子。

这就像韩彦直的枪下冤魂大太子粘罕，历史上是个了不得的人物。粘罕就是完颜宗翰，女真本名黏没喝，粘罕是他的汉名。在金太祖完颜阿骨打称帝后，粘罕备受信用，在天庆五年，曾举兵灭辽，大败辽军于达鲁古城。俘虏辽朝天祚帝和北宋徽、钦二帝，都是粘罕的手笔。粘罕亡故后，例封金源郡王，后改赠秦国王，予谥“桓忠”。

名将韩世忠的公子韩彦直，在我们的时间线上，是一个文人，他是进士出身。细想想，这是一种必然的选择，我会在后面说到其中的逻辑。在这个小年夜的寂静里，我突然想写一写韩彦直，或许是对少年时光的一种追忆。我们少年时所读到的和所听到的，有多少是真实的，又有多少出于虚构，而这些故事最终影响我们的是什么？

韩彦直墓就在太湖边上的长兴，按照追赠他的爵位蕲春郡公的墓葬规格，墓有墓道、神道碑，墓道两旁有石马、石羊、石仲翁。生前，韩彦直在京城和地方上担任过各种官职；到乾道二年出任户部郎官，总领淮东军马钱粮，政绩斐然；乾道七年，担任鄂州驻扎御前诸军都统制，严格训练军队；在淳熙年间初期，受命就任遣金使……

遣金使这个身份，或许是韩彦直在人们的想象和现实之间的一个交叉点。在派遣遣金使时的大朝会上，满朝文武没有一人有胆量出班受命。因为出使金国，很有可能就不能回归故国。一贯主张抗金的韩彦直，也不愿去与金人敷衍，但毕竟国事为重，他接下了这烫手的山芋。

谁知一入金境，就遇到金使蒲察故意刁难，没办法，强的总是凌辱弱的。有背景的蒲察不接国书，摆明了就是欺负弱小。韩彦直没有沮丧，反复与之抗辩，他的有理有节让蒲察觉得不好糊弄，终于把国书呈上去。

在韩彦直出使期间，他的不卑不亢赢得对方尊重，使金人，尤其是金使蒲察不得不以礼相待。两国的外交中，强势的一方能够有这样的表现，韩彦直的个人魅力和能力可见一斑，这当然不可能仅仅有勇武之心就可以了。

二

岳飞、韩世忠、张俊、刘光世，并称“中兴四将”。后人对这四人的评价大相径庭，这里按下不表，我们只说和韩彦直有关的。在后人的描述中，他的父亲就是被宋孝宗追封蕲王的韩世忠。韩世忠出身贫寒，人生的起点不高，好听一点的就是从小喜欢行侠仗义，是老大，难听一点的就是市井里的泼皮无赖。

如果我们从现实的视角去观察，后者的可能性更大一点，“仗义每多屠狗辈”。韩世忠少年的时候，他的脾气应该是暴躁的。有个算命的人说他将来当位至三公。韩世忠一听，觉得这个人是在侮辱自己，自己根本没有这个可能，于是将算命的人痛殴一顿。

可以想得到的是，十八岁应募从军的韩世忠是没有什么文化的，“泼韩五”的花名表明了这一点。在戎马倥偬间，他能够感受到那个时代对武人赤裸裸地歧视，只有在东华门外唱名的方是好汉。这种压抑的氛围造就了一个智慧之人：他知方寸，懂进退，但并不苟全于时，也不苟全于世，只是没有大的缺点遭人攻讦。通俗一点的说法，韩世忠是一个人精，他对社会的认识比岳飞清晰得多。

今天能够诠释他这种精神世界里平衡的蛛丝马迹有很多，我们可以简单地从两个细节去观察。一是他的诗词造诣极高，《临江仙》《南乡子》等脍炙人口。很难让人想象这样的词出于一个十八岁就已从军的武人之手，可见对学问他是下了一番真工夫的。再一个就是他对孩子的培养了。韩彦直作为军二代，却是进士及第后踏上仕途的。韩彦直的另外几个同胞兄弟和同父异母的兄弟也是如此。在“龙生龙，凤生凤，老鼠的儿子会打洞”的理念里，在中国的古典思维里，这无疑是一种由表及里的家族布局，一种隐忍的蜕变。

这是那个时代的大势，也许是一种虚弱的文明对暴力的纠正。其间的得失，非个体所能承担。熟悉民间文学的人一定知道，所谓的杨家将、呼家将，乃至岳家军，无不显示着遗传基因的强大，而改变这种基因需要的是大智慧和大勇气。

基于此，韩彦直的少年不一定是快乐的，史书中有一段记录让我能够感受到这一点。在韩彦直六岁那年（很奇怪，这样的一个人物，他的确切生卒年却不可考），按照我们传统的算法，应该是在四周岁多一点，也许是五周岁，他由父亲韩世忠带着去觐见宋高宗赵构。高宗大概听过韩彦直的神童之名，就命他写几个大字，想考校一番。

韩彦直没有怯场，接受高宗的旨意后，他当即跪书“皇帝万岁”四字。一个孩子写这样的字当然令皇帝欣喜若狂，赵构相信孩子是发自内心的，即使有大人在教，那也是忠君爱国。据说高宗当时走下了御阶，爱抚着韩彦直小小的后背，对韩世忠说：“他日，这孩子是国家的伟器！”

我个人的猜测是，这一定是韩世忠设计好的一幕。韩世忠要把自己忠君爱国的想法传递给高宗，同时，也是为后代铺一条登云之路。这也是岳飞在风波亭被害后，韩世忠多有鸣不平之声，却未被高宗所疑的根本。韩世忠是一个武人，但也是世俗社会的达人，他对世俗的经营一如战场上的步步为营。

韩彦直当时被赐金器、笔砚、监书、鞍马。皇帝对他的恩宠并不就此结束，到了韩彦直十二岁时，又被赐穿戴三品官服。这一年，韩彦直还有另外的事迹流传于世，我们后面会提到。

韩彦直的聪明和天才由此可见一斑，但快不快乐只有自己知道，好在他没有成为伤仲永，老韩家智商的基因同样强大。

三

1148 年，如韩世忠所愿，十九岁的韩彦直考中进士。对宋朝的将门而言,这个转折颇为华丽。《绍兴十八年同年小录》中记载了如下资料：“第四甲第一百八人韩彦直，字子温，小名檀僧，小字旃郎……”

进士榜中列入第四甲并不算惊艳，但也够了，能够由朝廷直接授官。韩世忠的几个儿子，长大成人后都是以文官立于朝中，这也是家教的缘故。

三年后，六十三岁的韩世忠逝世。尽管军人在那个时代不受待见，但到了韩世忠这个层面，他的死在当时依然是一个大事件。南宋偏安于江南，这偏安同样需要武力的维持。韩世忠死后，朝廷就追赠太师、通义郡王，到了立志北伐的宋孝宗时，更被追封为七王之一的蕲王。这表明一种外交态度和朝堂风向。

韩彦直的仕途有没有韩世忠的影响？我相信有，但更多的应该是他个人的能力，这从他为官后政绩斐然可以看出。如果要和评书里勇猛无俦的韩彦直搭个边，除了遣金使这一段经历外，在担任温州知州时的故事也可一说。

到温州后，韩彦直将荼毒百姓经年的巨盗王永年捉拿归案，为地方铲除了一大祸害。那个时候，海盗非常猖獗，之前的州官大抵望洋兴叹。但韩彦直胸有韬略，毕竟是军旅之家出身，耳濡目染下其军事素养并不差，而且韩世忠梁红玉正是黄天荡一战成就了赫赫威名，韩彦直对水上作战并不陌生。相比专业军队，这样的海盗组合只是乌合之众，碰到韩彦直也就是土鸡瓦狗了。在韩彦直的布置下，官军一举直捣匪窝，生擒贼首，使南宋的海道回归清静。

在历史记载中，和韩彦直的出身相关联的事迹还有。孝宗时，在韩彦直的建议下，对靖康以来的爱国人士进行了表彰。韩彦直还设法帮助追回被人霸占的原属岳飞的财产，把这些财产交还给了岳家的后人，并清算了一些以前参与诬陷岳飞的坏人。

或许，正是这些行为，让韩彦直在民间赢得了口碑，也让他成为评书中岳云的兄弟。尽管这种想当然的人生设定和真实历史上的韩彦直相差甚远，不过却是民间的审美趣味和朴素的哲学思想的体现。这是一个传统中国里世道人心的缩影，但韩彦直有他自己的生活和价值。韩彦直之所以能够存在于历史里，除了他是韩世忠的儿子外，有其自身的因素，不是因为他的官衔，而是他编撰了两部书。

很奇怪的是，我们今天去看，韩世忠和韩彦直是一对颇为古怪的父子组合。韩世忠以武知名，却有诗词留世；韩彦直一介文人，但读不到他的诗词。

这对父子合作做过一件事。在现在杭州灵隐寺的飞来峰上，留有韩彦直十二岁时的书法，写的却是韩世忠的事迹。

那是在 1141 年 12 月 29 日，岳飞以“莫须有”罪名被害后，主战派将领相继受到打击。其中张俊被免去节度使，刘锜被罢去兵权，而与岳飞过往甚密的韩世忠，则被罢权后归居家园。

正如我们前面所说，韩世忠看似粗豪，实则洞悉人心的幽暗。他开始闭门谢客，绝口不提国家之事，或隐居家中研读佛经，或悠游西湖以自乐。但韩世忠的内心终究有不甘和愤懑，翠微亭的落成能够让我们感受到他在时代大环境中的苦闷。

翠微亭的落成，距岳飞被害只相隔了六十六天，如果减去施工时间，则更为短促。亭边石上，刻的就是韩彦直十二岁时的书法：“绍兴十二年，清凉居士韩世忠因过灵隐，登览形胜，得旧基，建新亭，榜曰翠微，以为游息之所，待好事者。

三月五日男彦直书。"

父子两人合作出来的这个表白，多少有着此地无银三百两的况味。韩世忠和岳飞惺惺相惜，而翠微之名，便是来自岳飞的《登池州翠微亭》："经年尘土满征衣，特特寻芳上翠微。好水好山看不足，马蹄催趁月明归。"

写这首诗时的岳飞征衣沾满尘土，忙中偷闲去寻访池州翠微亭，看景色优雅写下此诗。韩世忠用"翠微"来命名此亭，让这一似乎是闲情逸致游玩山水的憩息之所充满了悲愤。韩彦直所题写的题记中，最后一句"待好事者"更是有所指，大概是韩世忠希望有人来琢磨自己建亭的目的和亭名的含义。

对这一日，韩世忠的内心或许早有准备。

韩彦直应该也是会写诗词的，这是当时文人的基本功。我们之所以找不到他留世的诗词，这里大概有两种可能：一是时间把韩彦直写的文字给淘汰掉了，另一个就是韩彦直没有写过诗词，或很少写。

第二个可能性比较大。但韩彦直所编撰的两部书却有经世之用，比一般的诗词高明得多。

倒是韩彦直的弟弟韩彦古，遗传了韩世忠的文学基因，颇有诗才。其诗词写得清新淡雅，意境深远，比如他的《浣溪沙》。

一缕金香永夜清。残编未掩古琴横。绣衾寒拥宝缸明。坐听竹风敲石磴，旋倾花水漱春酲。落梅和雨打帘声。

这个韩彦古也很有意思，这里可以顺便一提。他被朝野中的一部分人认为是宰相人选，甚至有人“伏阙上书”。但同时，韩彦古又总是捅出娄子，大概是做事方法简单，脾气粗暴狂妄。而且他特别擅长行贿，记载中说他出手大方，用心细密，态度执着，技艺高超，让人叹为观止。到底怎么个擅长法，我没有找到，这样的特长在史册中留名也有戏谑的意味。韩彦古的这种品性，让他与兄长韩彦直、韩彦质（以太中大夫致仕，颇有才干，卒谥敏达）不睦。三兄弟之间谈不上兄弟阋墙，只是三观之间的差异，韩彦直、韩彦质属于中正之士吧。

龙生九子，个个不同，也是无可奈何之事，尽管他们都完美遗传了父母的智商。

四

也是在温州知州的任上，1178 年，快知天命的韩彦直完成了《橘录》，这是传世的第一部柑橘学专著。柑橘类栽培在中国有着悠久的历史，从先秦的《禹贡》到以后的许多文献都有记载。到宋代，柑橘品种丰富，而温州的柑橘类果树更是远近驰名，这种果树的栽培一直延续到今天。

关于柑橘，唐代的高僧皎然曾经在《洞庭山维谅上人院阶前孤生橘树歌》中如此吟咏：“细叶繁枝委露新，四时常绿不关春。若言此物无道性，何意孤生来就人。二月三月山初暖，最爱低檐数枝短。白花不用乌衔来，自有风吹手中满。九月十月争破颜，金实离离色殷殷。”

也许是在某个橘花飘香的黄昏，又或者是在累累金果缀满露珠的早晨，韩彦直走在果园里，突然想到编著这么一本书。也许他的脑海中除了出生于长兴的高僧皎然的诗句，还会想到苏东坡的“燕南异事真堪记，三寸黄柑擘永嘉”，或者柳宗元的“手种黄柑二百株，春来新叶遍城隅。几岁开花闻喷雪，何人摘实见垂珠”。

除了诗词，编撰园艺学著作，是宋朝官员文化的另一个小传统，比如蔡襄的《荔枝谱》、陈翥的《桐谱》、欧阳修的《洛阳牡丹记》、陈仁玉的《菌谱》等。韩彦直贡献出来的便是《橘录》，全书共分三卷，记载了二十七个柑橘类果树的种或品种，分为柑、橘、橙三类，其中柑八种，橘十四种、橙子五种、朱栾等五种。

在《橘录》中，韩彦直认为，柑橘类果实的品质与生长环境密切相关，而人工嫁接是造成这类果树种类繁多的原因。韩彦直的贡献在于，他的归纳和总结泽被后世，时至今日，瓯柑已成为温州的一个地域符号。

到了晚年，韩世忠、梁红玉的武学基因在韩彦直身上几乎就消失了。他成功转型成了饱学的文人，潜心于学问，搜集宋以来的史事撰成《水心镜》一书，全书一百六十七卷，深受当时修国史的史臣尤袤的赞赏。

《水心镜》这个书名非常让人遐想，水心镜是现实存在的，又名江心镜，是指唐代扬州一带在江心所铸之铜镜。水心镜非常有名，特点是“百炼”，工匠没有高超的技术，就要破碎。因为难造，在779年，曾将“扬州每年贡端午日江心所铸镜”（《旧唐书·德宗纪》）罢去。

因为这本书，宋光宗进韩彦直为龙图阁学士，提举万寿观，此后转光禄大夫致仕。在韩彦直死后，光宗赠其爵位至蕲春郡公。

白花不用鸟衔来，自有风吹手中满。

皎然的这两句诗，总觉得对韩彦直的人生而言很是妥帖：风来，心远，而花香自来，一个人独自构建起了他自己的良宵。

五

有一个人，被时人看作是无赖之徒。他勇气过人，好狠斗勇，好喝酒，不受约束，能挽三百斤强弓飞马射箭，能舞铁槊急驰峭壁之间……他后来成为一个国家的军事统帅之一，本来是最有权柄的巨头之一，却受制于当时的国策，胸中抱负不能尽情施展，最终郁郁而终。

另外有一个人，出生于顶级的将门之家。他自幼聪慧，少年时神童之名即达九重天。家族对他的期望是唱响东华门。他后来如愿成为这个帝国的文职高官，并且写了流传于后世的两部书，一部是园艺学著作，一部是历史学著作……

拥有这两种截然不同的人生的，是一对父子：韩世忠和韩彦直。我们会羡慕他们怎样的人生呢？他们父子之间曾经有过默契的交流，或者有过激烈的争吵吗？在近千年之后，我们已经很难得知，唯有千年的风依然在吹，千年的人心依旧。

冬看山林萧疏净，春来地润花浓。少年衰老与山同。世间争名利，富贵与贫穷。

荣贵非干长生药，清闲是不死门风。劝君识取主人公。单方只一味，尽在不言中。

在退隐山林之后，韩世忠在《临江山》中如是表达他的人生滋味，一切尽在不言中，而已。

弓背霞明剑照霜

——闲读历史之张宪

日入空山海气侵，秋光千里自登临。
十年天地干戈老，四海苍生痛哭深。
水涌神山来白鸟，云浮仙阙见黄金。
此中何处无人世，只恐难酬壮士心。

——顾炎武

一

忽见前面为首一位少年，生得前发齐眉，后发披肩，面如满月。头戴虎头三叉金冠，二龙抢珠抹额，身穿大红团花战袄，软金带勒腰，坐下一匹浑红马。

这是《说岳全传》中张宪的出场，这样的出场很是让人产生好感，用现在的话来说，就是小鲜肉。在评书中，张宪温文尔雅，武艺超群。我小时候听《说岳》的时候对他很崇拜，他和岳云是岳飞帐下最让人着迷的两员小将，两人都和岳飞形影不离。白衣金枪，面如冠玉的张宪几乎是战神的写照，一个在冷兵器时代的完美男人。他曾在牛头山大战金兀术，削掉金兀术一只耳朵，救出宋高宗。那个小商河万箭攒心威武不屈的杨再兴，如此桀骜不驯的人物，就是败在张宪枪下才归顺岳飞的。

评书里说，这张宪的出身是“俺家公子，名唤张宪。俺家老爷，便是金陵大元帅，今已亡故了。俺家太老爷，因有半股疯疾，故命我家公子去投岳元帅麾下，去干功名的。”

民间一直以来的价值观是，“学成文武艺，货与帝王家”。张宪投奔岳飞的目的就是功名，大丈夫的功名是马上取的。

之后岳飞先将张宪收为义子，后将女儿银屏嫁于他。

这个岳飞的女儿银屏在杭州民间是很有名的，以前杭州有过银屏井，就是纪念她的。也有一些书上说是岳孝娥嫁给张宪的，岳孝娥和银屏是不是同一个人我们不知道，但总归是岳飞的女儿，而传说中张宪是岳飞的女婿。岳孝娥也好，银屏也罢，这么一个女人，一夜之间，父亲兄弟和丈夫突然在不正常中失去，她的内心是何等惨痛，之后的投井也就顺理成章了。通过那个黑暗的通道，她也许可以找到他们，她生命中的男人。这种虚幻的想象也许让她不惧怕冷冽的井水。

这男子的怀抱，可以是女人的天地，但在这些赳赳的世间男子的怀抱里，同样也是一个民族的大义所在。

当然这评书中的事迹是不能当真的，就像我小的时候听书时的疑问，既然岳飞帐下有那么多厉害的人士，个个都是万人敌，那还怕金兵干嘛！三五个高手，一路枪挑锤打马踏连营不就可以了吗？！

二

张宪的肉体，已追随着岳飞，在1142年的风波亭化作了一腔碧血。这在史书中确凿无疑，也是在那个时代一腔热血的人所换来的人生悲剧。

无意间遇到张宪墓是我写作此文的缘由。我之前一直不知道他的墓在哪里，而且总觉得应该是和岳庙连在一起的。在我的脑海中，他应该是和岳云一左一右站在岳飞身后的，直到这次偶然的邂逅。

那是在东山弄。东山弄在杭州是一个让人向往的居住地，它距离西湖很近，植物园和浙江大学都在边上，可谓寸土寸金。那一天我去那边看一个朋友，没想到记错约的时间，早到了一个多小时，就自己到处逛逛，却无意间发现了张宪墓。它就在东山弄南端的出口处，有一片小树林，有蜿蜒其间的路，写着仁寿山公园。但我们一般不会走进去，西湖边到处都是景点，这个所在像是处于一种边缘，不被走过的人所关注，每每都是擦肩而过。

绿荫丛中，一块墓地，有石马石虎，有碑文的记录，算不上巍峨，也谈不上高大，但胜在一种肃穆。这会是谁的墓？

心里还在奇怪，我仔细一看，原来是张宪墓，也就是宋烈文侯张宪墓遗址。如果我们不了解那段历史，会以为那个时代对这墓地的主人是何等恩宠，却不会想到，在那个年代里，他所遭遇到的命运会让人感慨中无限愤懑。

此时，从浓荫里传来的蝉鸣阵阵，恍然有今夕何年之感。

听蝉鸣，如同听岁月里的喧嚣和宁静，听浮云在苍老中的一种抵达，张宪墓就这样闯入我的视野。然后，由于少年时对评书的热爱，重新激起我去探寻张宪的兴趣。就像评书里他的出场，正是少年时的好模样，这个墓地却是中规中矩。

在张宪激荡人心的故事里，有些可能属于虚构，或者说是民间的演义。风波亭中，张宪和岳飞岳云一同被害，传说时年二十一岁。今天，我们对张宪究竟出生于哪一年都是模糊的，虽然他是阆中市江南镇阆南桥村张家花园人确凿无疑。

张宪英年早逝，和岳云一起，他们凝固成为一个悲剧的符号。从心理学的角度去看，少年的悲剧更具有艺术张力，吸引人们的视线，包括我的。实际上，真正的小将是岳云，这个在演义里挥舞双锤威风凛凛的将军，十二岁就从军。即使是古人成熟得早，在这个年龄就出生入死，而后落得含冤死去的故事，依然让人感到憋屈。张宪如果也是少年郎，这个悲剧就有双倍的疼痛。

也是因为这个缘故，后来读史时，我对张宪关注了一下，发现一些颇为有趣之处。正史上记载，张宪从小习文练武，六艺精熟，少怀报国之志。与岳飞“从微相随”，岳飞称其“以列校奋身”，是在抗金救国的战火中从下层成长起来的将军。自建炎末至绍兴初，已是岳飞的主要助手。1130年，十二岁的岳云从军，即在张宪部下。

《宋史·张宪列传》记载，张宪“飞爱将也。飞破曹成，宪与徐庆、王贵招降其党二万。有郝政率众走沅州，首被白布，为成报仇，号‘白巾贼’，宪一鼓擒之”。

从这些记载中可看出，张宪很有可能是岳飞的同龄人，或者比岳飞小上那么几岁。在整个岳家军中，如果岳飞不在，他和另外一个将领王贵都有指挥权。但他和岳云肯定不是同龄人，这是没有疑问的。也许是因为张宪生得比较俊俏，属于玉面郎君的那一种，所以在民间的传说里，他成了小将军。这和演义里把岳飞说成是极乐西天如来座下的金鹏转世一样，民间对“莫须有”的冤情实在难以理解，高高在上的天子为什么要自毁长城？老百姓只能用自己的智慧去想，那就是因果报应。

三

那么张宪到底是不是岳飞的女婿？张宪的年龄没那么小，但这不排除他成为岳飞的女婿的可能性。这个说法靠谱吗？

去追本溯源很有意思，这个说法是什么时候开始的？

“世传为岳武穆王飞之婿”，明朝嘉靖年间的《保宁府志》里，第一次出现这种说法的。在之前的记载中，无论是正史还是野史，并没有岳飞和张宪有翁婿之谊的蛛丝马迹。

到了近代，申屠奇说元代杭州建精忠祠，以张宪为岳飞女银屏之夫婿庙祀之。他的这种说法其实也缺少考证，但这大概是“张宪是岳飞的女婿”这种说法的由来。

他们到底是不是一家人呢？这个真的只有穿越过去才能知道了。也许，在杭州人的心里，他们早就是一家人了，而神化英雄人物也是题中之义。戏剧中好人和坏人也是一眼可以看出的，脸谱赋予他们性格。

英雄不问出处，但英雄如果有个出处会更加脍炙人口。《说岳全传》里的武将，都是大有来历的，比如杨再兴是杨家将的后裔，也就是杨老令公和杨六郎的子孙，高宠是北宋开国将门高家的后人……这也许是人们一种善良朴素的愿望，或者是一种世代相传的情怀。

关于张宪的民间传说中，他的死还有非常惨烈的地方。秦桧很忌惮张宪。张宪的忠勇义烈已经深入人心，哪怕被谋杀后秦桧也害怕张宪的冤魂复仇。因此秦桧不知是请教了道士还是高僧，总之是懂得阴阳之道和神鬼之事的，将张宪的遗体斩为七十二块，并丢弃。

一具身体分为七十二块，这是一个很奇怪的数字，就像孙悟空会七十二变一样，它也许意味着很多。

不平则鸣。民间的智慧在这个传说里表现得淋漓尽致。据说，当时老百姓偷偷收集了被丢弃的七十二块残骸，并按照阴阳数理，在杭州一地建了七十二座资福庙，祭拜张宪与岳云，让他们能够得血食供奉，并保佑一地平安。杭州现在的众安桥、东山弄等地都有资福庙。那个时候资福庙建好了，但不能够挂上他们的名，虽然确实是祭奠他们的。在杭州，这七十二座资福庙香火兴旺，据说是有求必应。

宋孝宗即位后，这位有着北伐理想的帝王，对以“莫须有”罪名获罪的岳飞等人下旨平反昭雪。七十二座资福庙也在那个时候正本溯源，改名为忠烈二侯祠。这应该是1162年后的事情了。

此后要抗击金人，为了鼓舞民众的士气，宋朝始追复张宪为龙神卫四厢都指挥使、阆州观察使，赠宁远军承宣使。

至此，张宪冤狱得以昭雪，之后朝廷追谥他为烈文侯（也有说法这个谥号是到了明朝后才追封的）。清朝乾隆在自己写孤山的行宫十景诗中，也有吟诵张宪墓的，可见当时张宪的墓是在孤山。但后世的这一切荣誉对张宪有什么用呢？

一个人丧失了他的大好年华，一个朝代也丧失了它本有可能振兴的机会。这样的追谥无非是做给活人看的。

在乡土中国，这一做法大有市场。比如父母活着时，其子女未必有多少孝顺，甚至是不孝的，但一旦过世，又变成了孝子贤孙，各种繁复的祭拜仪式让人啼笑皆非。

四

今天在杭州还有大资福庙留存，位于五皇山南，凤凰山路侧。重新维修后有一千多平米的占地面积，系宋景定二年所建张宪专祠，号天下都土地，庙貌宏伟，在当时全杭州七十二座大资福庙是最大的。

现在要找大资福庙其实很容易，导航一找一个准，因为庙前的路就叫“大资福庙前”。步入大资福庙前殿，“义凛千秋”四个大字映入眼帘，苍劲有力。两侧绘有“靖康之难”“南宋之建”“朱仙之捷”“风波之狱”“沉冤之雪”“百代之思”等，展现了张宪当时所处的历史背景。

穿过前殿后面的一个天井，就来到了大殿，正中摆放的是张宪的戎装坐像。据资料介绍，该坐像高 3.8 米，重达一吨，是由香樟木雕刻而成，并采用贴金彩绘喷漆工艺制作。坐像背后是用硬木彩塑工艺制作的《张宪军营图》。大殿左右两边是由宋史专家傅伯星先生绘制的《张宪征战图》，围绕张宪一生经历的数次重大战役，细数英雄的丰功伟绩。值得一提的是，张宪的这个坐像应该是以史实为蓝本的，是成年将领的模样，和评书中的形象相距甚远。

东厢房的《岳家军将佐图》展示了当年张宪随岳家军征战的场景，同时还陈列了南宋将士作战时所穿的盔甲、战袍、战靴。一组栩栩如生的征战场面模型让人仿佛看到了当年马蹄声声、征战厮杀的情景。西厢房主要展示了张宪故里四川省阆中市的风土人情，以及当地百姓对英雄的怀念。西厢房正中供奉着福神及明朝孙靖书写的现如今又重新镌刻的《百福图》。

我之所以去大资福庙是想捕捉到一缕气息。虽然在悠长的历史中这气息早已千转百回，但它依然有当初建造之时的那种初心：对英雄的追慕和怀念。

杭州人一般称西湖边的岳王庙为岳坟，听起来好像不太尊重。但细想想，在民间的风俗中这是一种亲切的表达，没有了距离感，就像是一个很熟悉的人。

岳飞和岳家军的故事很多人都是耳熟能详的。反正那一年的风波亭中，杀了也就杀了，大地一片白茫茫。到了1162年，宋孝宗下诏为岳飞平反昭雪，并将岳飞遗骸以礼改葬于栖霞岭南麓今址。1221年，南宋朝廷又赐紧邻岳飞墓的智果寺为岳飞的功德寺，并赐额“褒忠衍福禅寺”。这就是今天杭州岳飞墓、庙的由来。此后历经元、明、清、民国，岳飞墓、庙屡废屡兴，目前是全国重点文物保护单位。

岳飞出生于河南汤阴的一个普通农民家庭。因为他字鹏举，民间就把他演义为金鹏转世，有因果循环的意味。岳飞英勇善战，用兵有方，转战大江南北，四次北伐，从一名普通士兵成长为威震全国的军事统帅。

用时人的目光去看，岳飞之死有其深层次的原因，秦桧诸人也不过是替罪羊罢了。这就像今天看到岳飞的肖像都是仪表堂堂的儒将模样，实际上岳飞却是大小眼，甚至可能是斗鸡眼，但这不妨碍岳飞成为我们的英雄。

今天的岳王庙总体布局可分为忠烈祠区、墓园区和启忠祠区三大部分。忠烈祠区由岳庙主体建筑忠烈祠、祠前庭院、“岳王庙”门楼等组成。墓园区位于岳王庙的西南，东西向对称排列，东端为“尽忠报国”照壁，南、北两侧各有碑廊一列，是珍贵的石质史料库。岳飞墓坐西朝东，墓前立“宋岳鄂王墓”碑，左前侧附一同遇害的岳飞长子岳云之墓，石阶下墓阙两边，面墓而跪诬害岳飞的秦桧、王氏等铁像。岳飞墓园以北，忠烈祠以西为启忠祠区，由启忠祠一正两庑建筑和精忠园组成，绿树掩映，池石花木点缀其间，是一组颇有园林风格的庭院建筑。启忠祠原是奉祀岳飞父母的地方，现已辟为岳飞纪念馆。

我读小学时，学校会组织春游和秋游，岳王庙是一个喜欢去的地方。不为别的，那四个下跪的铁人就一次次看不厌，不是喜欢，是讨厌。那个时候是多么爱憎分明啊，虽然有时候心里会有一点疑惑，岳飞为什么这么愚忠，这样的付出值得吗？那个时候，我们也许会在虚构的故事中寻找安慰，比如《说岳后传》里那种直捣黄龙的畅快。

是非成败转头空，但一种精神却会一直延续。我们可以不认同，我们也可以反对，但这种精神却融在了我们的血液里。出岳王庙后，正对着的，便是一面湖水。

游人如织，山水在这样的故事里越发生动。

五

落日照大旗，马鸣风萧萧。

将军应该是在马背上死的，那样才是死得其所，就像瓦罐破碎在井边才是理所当然。

在张宪墓前流连，阅读他的故事有一种让你很难描述的压抑，好在这个时候有风吹来。

那个张宪追随了一生的元帅，也是直接影响了他一生的武穆王（也是后来追封的）岳飞，他的庙宇和张宪墓很近。传说中，张宪舅佬的岳云墓也在岳王庙里，和岳飞墓毗邻。如果张宪真的是岳飞的女婿的话，我想当时也应该把墓修在岳王庙里，以便人们拜祭。

南宋杭州是帝都，作为帝国的忠诚军人，在被陷害之前他们应该拥有不错的物质生活。但戎马一生的他们，可曾细细体会过暖风熏得游人醉的杭州，可曾泛舟湖上慷慨激昂？

看一眼这湖水，他们可曾流连？

将军百战死，对战士来说，在战场上死去是一种荣耀。可惜风波亭后，他们再没有这样的可能了。

沿着岳王庙和张宪墓这一条线延伸下去，在栖霞岭紫云洞附近，有一位老百姓非常喜爱的《说岳》中的人物，历史上的抗金名将宋辅文侯牛皋的墓址。评书中，牛皋是岳飞义弟。牛皋到底是不是岳飞义弟，这个和张宪是不是岳飞的女婿一样，只有天晓得了。但“气死金兀术，笑死老牛皋”就是典型的小说家言。作为一名主战的名将，牛皋只比张宪他们多活了五年。1147 年，已经赋闲的牛皋同样被秦桧迫害致死，一个铁骨铮铮的将领，一杯鸩酒就了事了。

一个死去的人才不会有威胁，也许牛皋他们对政事依然有着自己的想法，依然执着于北伐。

也许是人们不愿意看到英雄这样的下场，于是为他编了一些故事。在故事中，牛皋的人生有着更多的起伏和戏剧性。牛皋听说陕西大侠铁臂膀周侗功夫了得，于是想拜他为师。谁知在寻师的半路上丢了盘缠，没办法，牛皋只好落草为寇当了山贼。有一次，牛皋下山劫道，不巧劫的正是岳飞，然后一交手，牛皋被岳飞打得满地找牙，并被岳飞收服，不打不相识结拜为把兄弟。

在这些故事里，牛皋大大咧咧，但却是福将。在评书中，这样的人物是最受人欢迎的，粉丝众多，比如《杨家将》中的孟良、焦赞,《说唐》中的程咬金,《明英烈》中的胡大海……他们也是中国故事里脸谱化的一部分，有着固定的程式。

牛皋墓于 1955 年清理孤山墓葬时废，1983 年重建，1987 年重修。现位于杭州西湖栖霞岭剑门关紫云洞口，坐西朝东，成圆形拱顶，下条石围砌，上封土植草。直径 3.5 米，高 1.8 米。外围圈式短墙，依山傍道。墓前立“宋辅文侯牛皋之墓”碑，墓道前构筑两柱一间石坊。墓碑及石坊为重修之物。《西湖新志》卷九记载："宋辅文侯牛皋墓，在剑门岭紫云洞南，新修。"

历史上真实的牛皋（1087—1147）活了六十岁，字伯远，汝州鲁山（今河南平顶山市鲁山县）人，出身农民家庭，初为射士，精练武功，擅长骑射。南宋初年聚集人民抗金。1133年，加入岳家军、常胜军。牛皋使用双锏（这个兵器和评书中所用的武器是一致的），乃金所制。后隶归岳飞，为其推重，对金作战中屡立战功。这或许就是人们说他是岳飞义弟的由来。

岳王庙、张宪墓、牛皋墓、大资福庙……当我们在西湖之侧徜徉时，如果把这些点串联起来，就能够看到历史上这一特定时间里的一起大事件的边边角角，这里有一条隐秘的线，像是一道铁血筑成的堤。他们早已经谢幕，但人心不服啊，人们没有能力去改变更多，于是演义出了许许多多的故事。在这些故事里，他们青春常在，他们的笑容依然充满魅力。笑起来的时候，他们让这片土地更生动起来。

着我扁舟一叶

——闲读历史之张孝祥

雪洗虏尘静，风约楚云留。何人为写悲壮，吹角古城楼。湖海平生豪气，关塞如今风景，剪烛看吴钩。剩喜燃犀处，骇浪与天浮。

忆当年，周与谢，富春秋，小乔初嫁，香囊未解，勋业故优游。赤壁矶头落照，肥水桥边衰草，渺渺唤人愁。我欲乘风去，击楫誓中流。

——张孝祥

一

“但渡江初，大议惟和战，张浚主复仇，汤思退祖秦桧之说力主和，孝祥出入二人之门而两持其说，议者惜之。”《宋史·张孝祥传》中对张孝祥的这个评价，大有对其盖棺定论之势，好像他是一个首鼠两端的小人。

不过考虑到这宋史是元时所修，有荒谬之处也属正常。何况很多真相都是掩盖在细碎的事实中，如果不去拨开那些浮萍，我们看到的不会是事实。

在读历史时，我们常常会发现具体的人，在文字的记忆里变得扁平化了，非黑即白，人的思想也是一以贯之的。但事实上，我们的思想都有不确定性，有所游移才正常。像张孝祥，他三十八岁（近年有人考证其去世时真实年龄应该在五十五岁，存疑，以正史记载为准）即如鲜花凋谢，而他短促的一生，同样极为复杂难以看清全貌。

靖康之耻后，高宗赵构定都临安，中原百姓大规模南迁避难。张祁一家，是唐代诗人张籍的后裔（这应该是有家谱为证的），也被裹挟在这乱世飘零燕的队伍里，随着这南迁的队伍到了今天的宁波鄞州，当时叫明州鄞县。

张孝祥在1132年出生，也就是他们家到了鄞县之后。按照民间的说法，张孝祥应该是一个具有大气运的人，他出生在方广寺的僧房里。我们现在不知道当时的具体状况，但仔细推敲，张孝祥的出生实在是艰险无比。当时的交通之艰难可以想见，他母亲怀着他一路跋涉，能够在娘肚皮里留下来不得不说是一个奇迹。那个时代的妇人生产孩子就是闯鬼门关。

好在张孝祥无病无灾（或者说只有小病小灾）长到了十三岁。张孝祥的生活是困苦的，王质在给张孝祥的《于湖集序》中说“故宋中书舍人奋起荒凉寂寞之乡”。这文字读起来让人颇有向往和振奋之情，但对经历者而言，那肯定是种痛苦的经验。到了1144年，时局较稳定一点，张祁举家返乡，却没有回到老家历阳，而是定居在了芜湖，返乡大概是回不去了。张孝祥后来自号“于湖居士”，是因为芜湖、于湖二县的名称在唐朝之后就混淆了。

张孝祥早慧，《宣城张氏信谱传》中说，他“幼敏悟，书再阅成诵，文章俊逸，顷刻千言，出人意表”。资质出众，早早被视为天才儿童的张孝祥，《宋史》说他“读书一过目不忘”。当时的名士王十朋说张孝祥“天上张公子，少年观国光”，这可见他的头角峥嵘。

少年时的张孝祥是一路开挂的，1147年，也就是他十六岁时，已早早通过了乡试。两年后，在建康师从蔡清宇，二十二岁时，再举冠里选。

这样的人生是让人仰望的，除了王十朋，时人对他同样赞誉有加。比如，杨万里说他：“当其得意，诗酒淋漓，醉墨纵横，思飘月外，兴逸天半。”张拭称其：“谈笑翰墨，如风无踪。”

这样的一种人设，让张孝祥二十三岁时高中状元变得不那么突兀。1154年的考场举目都是高手，连我们熟知的陆游都是那一年的落榜生，更别说还有秦桧的孙子秦埙志在折桂（这也为后续的故事埋下了伏笔）。

下场比试完毕，赵构亲自将其擢为第一。帝王的一举一动都有其深义。赵构对张孝祥的青睐从深处去看，是为了打击秦桧一系日渐嚣张的气焰，让秦埙丢失状元，算是一个小小的警告。但这也使张孝祥成为板上钉钉的状元，这是世俗荣耀的高峰，从世俗意义上来说，也打开了个人前程的大门。秦桧对秦埙抱有极大的期待。秦埙才华出众，或许能够光大秦家的门楣，而张孝祥无疑成了挡路石。但面对皇权，秦桧无能为力，毕竟他的力量是依附在皇权之上。谙于权谋的秦桧退一步，想着把张孝祥收归门下。这样的人才，如果能够为己所用无疑是一大臂助。秦桧让其姻亲曹泳向张孝祥提亲，许以曹家娇娃。但张孝祥没有回应，也就是委婉拒绝了。

张孝祥的拒绝倒并非出于正邪不两立，而是他另有苦衷。这个隐情我们后面会写到，也是他悲剧一生的写照。像是一面镜子，倒映着他人生的荣耀和失败。

金殿之上的宋高宗赵构含笑看着张孝祥，自己所钦点的状元郎气宇轩昂风华正茂，对于他所投身的朝堂充满了未知和好奇。张孝祥不知道的是，那是一个黑洞。一个将挤压他煎熬他的黑洞，但这黑洞能把他冶制成钻石，还是一缕青烟？

这个大殿之上的衮衮诸公，无一不是时代里的精英。现在，张孝祥也是其中的一员了。但年轻的张孝祥并没有足够的政治智慧，才状元及第，就迫不及待地上书为岳飞喊冤，不要说秦桧不喜，金銮殿上的那位也是啼笑皆非。

年轻人有热血总归是美好的，但代价马上就要来了。人总是吃过苦头才明白世事的艰难。

二

风帆更起，望一天秋色，离愁无数。明日重阳尊酒里，谁与黄花为主？别岸风烟，孤舟灯火，今夕知何处。不如江月，照伊清夜同去。

船过采石江边，望夫山下，酌水应怀古。德耀归来，虽富贵，忍弃平生荆布？默想音容，遥怜儿女，独立衡皋暮。桐乡君子，念予憔悴如许。

张孝祥的人生隐情便隐藏在这曲《念奴娇》中，才华横溢的他同样是早熟的。张孝祥不仅早熟，而且叛逆，十六岁就和一姓李的女子同居，还生了一个儿子。

读到此处，我们往往会有一些困惑，那个李姓女是谁，张孝祥的家人为什么坚决地拒绝？从时人对张孝祥的评价去看，“嗜酒好色，不修细行”（叶绍翁《四朝闻见录》），他的私生活似乎是缤纷多彩的。但史书上他的生平又很少有所记载。用经验去推测，门不当户不对也许是原因之一。和李姓女两情相悦的时间或在张孝祥通过乡试前后，从时间上去看，这也许是最致命的。望儿成龙，在那个节点张孝祥谈情说爱卿卿我我，甚至生出了孩子，对张孝祥的父母而言无疑是种折磨。这导致了一出悲剧。时人觉得张孝祥风流好色多半从这里而来。

张孝祥后来娶了自己的表妹时氏为妻，而李姓女携子黯然离乡，青灯修道，和张孝祥再不相见。值得一提的是，二十世纪七十年代，在江苏江浦县发掘出张孝祥之子张同之夫妇的合葬墓。其中有两方墓志铭，对此约略记载，使我们对张孝祥诗词中的一些沉郁之气有了推敲的线索。

李姓女的存在，客观上使得张孝祥没有接受秦桧一方递来的橄榄枝。如果没有她的存在，张孝祥会不会接受这种联姻我们不得而知。但张家人大抵是把这因果算在李姓女头上的，尤其是在后面发生的一系列事件中。因为张孝祥是高宗钦点的状元，尽管拒婚，秦桧他们一时也没有好的针对手段，但张的家人却被殃及，而且被污名化了。

张孝祥的父亲张祁，在此后被人检举揭发，而且是百口莫辩。在给他罗织的罪名里，最骇人听闻的是所谓的张祁乱伦事件。说张祁在兄长张邵出使金国并被滞留之际，与嫂子李氏有私情并导致她怀孕。为了掩盖，张祁一不做二不休，在嫂子李氏生产之时杀害了她。这个隐秘之事，居然还是张孝祥的大伯张邵亲口指证。但值得我们探究的是，此时的张邵在世人面前，是以一个精神病人也就是疯子的形象出现的。

在南宋周密的《齐东野语》里对此有所记载，大致的意思是张邵曾出使金国，被拘留十五年，回朝后成为反对议和和抗金的主力，并因此得罪主政的秦桧一系，想必被秦桧的影子所遮掩着的高宗也是如此心思。人为刀俎，我为鱼肉。张邵的政治理念有一时抗争的勇气，但冷静下来以后，他又很害怕，于是闭门谢客，学孙膑佯装发狂，说妻子死于非命，是弟弟张祁所杀便是在此时。更进一步地去推想，张邵也可能是真疯了，也可能是因为知道张孝祥同样得罪了秦桧，对自己的迫害会变本加厉，从而要撇清关系以图自保，想了这么一个下策。

瞌睡时送来枕头，以“弑嫂”的罪名，张祁被送入大理寺狱中严刑拷打，甚至说他有谋反之意。以秦桧给岳飞定下“莫须有”罪名的厚黑，给张祁定罪顺便把张孝祥踩入泥淖是一件手到擒来的事。他唯一所顾忌的是钦点张孝祥为状元的高宗，毕竟高宗还没有表露这个意思。

这里显示了人性的冷酷，即使是亲兄弟，大难来时自顾不暇，甚至会殃及池鱼。人性之恶更在于张家此后对李姓女的迁怒，又或者她和张邵早亡的妻子李氏有着千丝万缕的关系，总之在张家看来，她就是红颜祸水。

人心不可测的因素太多，而人性更是如此。但从文学的角度去看，这些挫折或许让张孝祥短暂的人生有着旁人难以企及的波澜壮阔的内心世界，而这成就了他的文字。只是对具象的个体而言，也许张孝祥宁可不要这些，而低头祈求俗世的幸福。

三

还没有来得及签署给张祁定罪的文状，大概阎罗王也觉得秦桧过分了，于是让黑白无常把他给收走了。一碗孟婆汤也许会让秦桧遗忘这些害人的伎俩。

张孝祥上书，为父申冤。这本来就是大家心知肚明的无厘头事件，于是张祁获得释放。

这一年张孝祥二十四岁。张祁从困境中脱身之后，张家就开始给张孝祥物色妻子。李姓女是万万不能娶进门的，即使诞下了张家血脉也不行。最后选择了张孝祥的表妹时氏。

行文于此，突然想到和张孝祥同代的陆游，其母亲对他的棒打鸳鸯和张孝祥的遭际如出一辙。这也许是一个时代的象征，每一个时代都有一些苦闷的人。

1156年，张孝祥娶表妹时氏为妻，而李姓女在这一年以学道之名返回老家桐城，当然，她后来也是修道孤老终生。这个时候，按照传统的年龄算法，张孝祥的儿子张同之此时都已经十岁了。这年秋日，秋风萧瑟，在建康城外送走母子两人后，张孝祥写下了《木兰花慢·送归云去雁》：

> 送归云去雁，淡寒采满溪楼。正佩解湘腰，钗孤楚鬟，鸾鉴分收。凝情望行处路，但疏烟远树织离忧。只有楼前流水，伴人清泪长流。
>
> 霜华夜永逼衾裯，唤谁护衣篝？念粉馆重来，芳尘未扫，争见嬉游！情知闷来殢酒，奈回肠不醉只添愁。脉脉无言竟日，断魂双鹜南州。

关于词作，我们不作更多的解读，但无奈和缠绵悱恻充盈在字里行间。人是复杂的，依然回到当时对张孝祥的人设上说几句。张孝祥和时氏结婚没几年，时氏殁，她没有给张家留下子息。但张孝祥除大儿子张同之外，另有儿子女儿见诸记载，可推知他另有侍妾。一方面他念念不忘李姓女母子，另一方面他依然有着相对正常的生活。这也是人性的正常呈现。

此后张孝祥在仕途上的顺畅，也许让张家人产生了一个幻觉：拒绝李姓女入门是一件正确无比的事。张孝祥仕途起步之时，也可见赵构对他的喜爱。张孝祥写了一篇《时政记》，里面提出的建议与政治和军情相关。赵构读完这篇文章，张孝祥便被提拔为了校书郎。1155 年，当皇帝祭室中出现祥瑞之兆，官员们纷纷作文写诗来歌咏皇帝功绩，张孝祥写《原芝》，最后一句话提醒宋高宗应该立太子了。这在当时是一种禁忌，因为高宗不育。但张孝祥的这篇文章呈上之后，居然立太子的国朝大事给解决了。不能说这全是张孝祥的功劳，但起的推动作用非常明显。1158 年，少了秦桧的掣肘后，二十七岁的张孝祥权中书舍人。

中书舍人官品不高，但为天子最亲密之近臣，掌管诏旨制敕与朝政机要，负责执掌诏诰，决策制命。其权职相当于明朝的内阁大学士或司礼监掌印太监，也类似于后世的大秘。从仕途的上升轨迹去看，虽然此时为权中书舍人，但妥妥地是宰辅的后备。

《宋史》中对张孝祥的评价大抵来自这一时期，即在汤思退和张浚两大阵营之间摇摆不定。但仔细推敲，这种论点有非黑即白的粗暴。汤思退为张孝祥榜同知贡举，也就是通常我们所说的座师，而对大势判断的分歧，并不意味着两人之间没有互相的欣赏，尤其是对于个人的才华和能力。事实上，在汤思退为相后，对张孝祥的提拔让人惊讶。张浚从四川回朝后，同样欣赏张孝祥，力荐于朝堂，难道是张浚不知道张孝祥和汤思退的师生之谊吗?

建炎南渡以后，汤思退和张浚是朝廷里和战两极的代表人物，但并非没有共同的话题，在争斗中共存。赵构也乐意底下的人如此，如果太团结了，他这个皇帝岂不是没事可干。

1159年，御史中丞汪彻弹劾汤思退的妥协投降政策。作为天子近臣的张孝祥，也被牵连，给了个提举江州太平兴国宫的虚衔而罢官回家。

江风浩荡中，张孝祥的内心当是波澜起伏。好在他还年轻，还有时间可以挥霍。也许在那种失意的惆怅中，他会分外想念流落在外的李姓女母子。

这一年，他写下了《吴城阻风》：

吴城山头三日风，白浪如屋云埋空。北来大舸气势雄，车帆打鼓声辥辥。我船政尔不得去，局促沙岸如凫翁。长年三老屡弹指，六月何曾北风起。由来官侬多龃龉，世不汝谐神亦尔。我愧此言呼使前，顺风逆风皆偶然。皇天广大岂有意，想汝嗔喜庸非偏。瓶中有粟囊有钱，与汝饱饭姑留连。

四

一个在张孝祥生命中非常重要的人，却在此时大放异彩。他是张孝祥惺惺相惜的好友，是志同道合的伙伴，是南宋半壁江山中璀璨的明星。

这个人是虞允文，和张孝祥是同榜进士。和张孝祥一样，虞允文也是一个神童，据说聪慧到七岁即能提笔作文。他踏入仕途后，起点没有张孝祥高，但走得比张孝祥顺畅。先授彭州通判，后改为权知黎州、渠州。秦桧病死后，被高宗召见，对答得体，被授为秘书丞，累官至礼部郎官。之后出使金国，回朝后被任命为中书舍人、直学士院。

作为同榜进士，因为相同的政治理念，张孝祥和虞允文相交匪浅。在 1161 年 11 月，虞允文在军事上的才华突然彗星般崛起。其时，金帝完颜亮统率金军主力越过淮河，如入无人之境。虞允文为督视江淮军马府参谋军事，负责协助同知枢密院事叶义问抗敌。在金军逼近采石时，虞允文正好去犒师，到采石后，他见宋军萎靡不振，于是亲自督师，与金军决战于采石。结果大败金军，赢得了著名的采石大捷。

完颜亮之后移兵扬州，又遭虞允文阻截，导致完颜亮在 11 月下旬被部下所杀。

消息传开，虞允文为世人所瞩目，所取得的功绩亦被一再传颂。张孝祥在为好友高兴之余，写了那曲《水调歌头·和庞佑父》，遥想能和友人一起：“我欲乘风去，击楫誓中流。”

这首词和下面这首让后世把张孝祥归于豪放派词人，文学史上也成为苏东坡和辛弃疾之间的一个节点人物。听闻采石战后，张孝祥赶赴建康，谒主战重臣张浚，在席上赋《六州歌头》词，慷慨激愤。据说张浚为之唱好，并罢席以示郑重。

《六州歌头》为什么成为千古绝唱？我们不妨一看。

长淮望断，关塞莽然平。征尘暗，霜风劲，悄边声。黯销凝。追想当年事，殆天数，非人力，洙泗上，弦歌地，亦膻腥。隔水毡乡，落日牛羊下，区脱纵横。看名王宵猎，骑火一川明。笳鼓悲鸣。遣人惊。

念腰间箭，匣中剑，空埃蠹，竟何成。时易失，心徒壮，岁将零。渺神京。干羽方怀远，静烽燧，且休兵。冠盖使，纷驰骛，若为情。闻道中原遗老，常南望、翠葆霓旌。使行人到此，忠愤气填膺。有泪如倾。

这样的词，句子里都是骨头和胆气，难怪张浚会为之拍案奋起。这种慷慨激昂在孱弱阴柔的时代犹如大音希声。

到了1163年，宋孝宗继位后，虞允文以敷文阁待制出知太平州。随后授他为兵部尚书、湖北京西宣抚使，但和此时回到朝堂上的汤思退产生矛盾，这里不展开说了。

也在1161年这一年，而立之年的张孝祥复官，知抚州，但仅仅一年后，又罢归。在抚州的这一年，可以看出他的勇气和血性，而且作为一个指挥者，他的军事才能也可管中窥豹。当地兵乱，作为一个文官，张孝祥居然匹马向前，单身与乱兵对峙。这种千万人吾往也的气概让人遐想，或许是这种气度也折服了乱兵的心，兵乱被干净利落地平定。

记载中张孝祥离开抚州时，当地父老乡亲夹道相送。不过，这个相送的水分有多少我们不得而知，当时的官场喜欢这一套。但总归作为一个地方行政长官，张孝祥极其出色。

读到此，每每有雾中看花般的虚幻感。我们常常说南宋孱弱，而我们去读南宋历史的时候，文人却重横行。张孝祥如此，虞允文如此，辛弃疾、陈亮无不如此，文武兼具是那个时期的特色。

三年间，张孝祥两度浮沉，其间的奥秘无非是派系间的争斗和治国理念的分歧。比如，在张浚、虞允文、张孝祥等主战派看来，采石大捷后，南宋军队当追歼金兵，收复失地。而朝廷以怀柔为宗旨，以议和为大计，主动放弃而贻误了这最好的时机。

1163 年，张孝祥再被孝宗起用，当年直言劝高宗立太子的功劳应该起到了一点作用，张孝祥知平江府。从历史的记载去看，张孝祥在地方上施政时的魄力和手腕都不缺少。比如，他在头一年就惩治奸商，收缴囤积的米仓，到第二年饥荒到来时，接济灾民。浙东大水，张孝祥两次上疏请求朝廷不催两浙积欠，朝廷从其所请，使得万千灾民得以生存。

也就在 1163 年，宋遭到符离之败，损失惨重。符离之败对南宋的国运而言是一道分界线，雄心勃勃的孝宗遭遇到了毁灭式的打击。对张孝祥个人而言，同样是一道门，这之后，他的政治面目被彻底厘清在世人面前。其时，金调来精锐部队仆散忠义、纥石烈志宁军，实力大增。但宋军将领李显忠、邵宏渊互不服气，在兵士厌战等多重因素下，宋军于 5 月 24 日在符离（宿州）大溃。《金史》卷八七《纥石烈志宁传》称："杀骑士万五千，步卒三万余人……斩首四千余，赴水死者不可胜计，获甲三万。"

当时，鹰派领袖张浚自四百里外的盱眙快马加鞭逃往扬州，而孝宗在万般无奈之下下诏罪己。

从当时的时局去看，1161 年金军南征失败，1163 年宋军北伐也没有成功，双方打了个平手，有一种微妙的平衡。这促成了此后宋金之间的议和。

符离战败之后，张浚被免去枢密使都督江淮东西路军马之职，支持张浚北伐的中枢官员作鸟兽散，其中辛次膺也被罢参知政事，汪澈则出居台州。汤思退在 6 月初还是醴泉观使兼侍读，7 月初即起为右仆射（宰相）兼枢密使。

传说在张浚和汤思退两大阵营间摇摆不定的张孝祥，此时会何去何从？这种大震荡面前是最可以看出一个人的本性的，之前的不过都是敷衍。

五

1164 年，按照民间的纪年，这一年张孝祥三十三岁，在他的个人历史中，这也许是泾渭分明的一年。在这之前，虚与委蛇也好，进退自如也罢，从局外人的角度去看，张孝祥在政治立场上是圆滑的。但这一年之后，他最终表态。

张浚依然在宰辅之位，尽管地位有所下降，他向宋孝宗推荐张孝祥，称其“可负事任”。孝宗对张孝祥的能力和为人颇为认可，顺水推舟升迁他为中书舍人，迁直学士院，兼都督府参赞军事，领建康留守。

在经历过五年的风雨以后，从权中书舍人到中书舍人，张孝祥的生活仿佛是一个循环，但江山早已物是人非。

世事多变，因为上一年的符离败战，主和派在汤思退重返中枢后，实力大增。而这一年的 4 月，张浚罢黜，到了 8 月，旋即凋零逝世。

说几句关于张浚的题外话，他既是南宋主战派的领袖，也是岳飞冤狱的推手之一。他为宋高宗所用，是高宗指挥军队的手套之一，但也被晚年的宋高宗认为浪得虚名。高宗曾经说，张浚专拿国家的名器财物用作个人人情，并直言不讳地和宋孝宗说，重用张浚会败坏国家的大计。

人性的幽深和矛盾，在我们读历史人物的故事时常会呈现，有时候会让我们怀疑自己陷入到了时间的迷途里。但如果我们设身处地地去思考，而不是用最后的结局去看历史，我们也许懂得了他们的所为和所言。赵构如此，张浚也如此，要读懂张浚，从他身后朝堂给他的哀荣可看出，尽管是汤思退秉政，张浚依然被累赠太师，谥号“忠献”。

建康留守是张孝祥官场上的一个高点，在民政上，他“恻怛爱民之诚心”，政绩卓著，比如专心治理水患，招抚流民，处理妥当。他为张浚所举荐，此时一心想着收复中原，但边备空虚，在大势面前，个人的努力其实无足轻重。张浚对张孝祥的提携，张孝祥对张浚提携的接受，被有心人认为是改换门庭的不义之举，但恰恰忘记了三观上的接近。

汤思退并非大度之人，他的主和是对敌对国金国的，却容不下同僚间的和而不同，在这一年指使其爪牙尹穑弹劾张孝祥。这种弹劾从根本上来说就是走个过场，要有个说法，符合程序上的正义。在没有特殊情况下，一弹一个准，张孝祥被去官。

这一年临近中秋，张孝祥踏上了回乡之途。经过洞庭湖时，月色溶溶，他仿佛一只脱壳中的蝉，一时间宠辱皆忘，写下了他的《念奴娇·过洞庭》。

> 洞庭青草，近中秋，更无一点风色。玉鉴琼田三万顷，着我扁舟一叶。素月分辉，明河共影，表里俱澄澈。悠然心会，妙处难与君说。
>
> 应念岭海经年，孤光自照，肝肺皆冰雪。短发萧骚襟袖冷，稳泛沧浪空阔。尽挹西江，细斟北斗，万象为宾客。扣舷独啸，不知今夕何夕。

“不知今夕何夕”，就我个人的阅读兴趣而言，张孝祥的这首词是我最喜欢的张词之一，也是让我记住张孝祥的一个支点——“万象为宾客”。

人生如寄，那个时候，也许有觅食的夜鸟从他的视线中飞掠。鸟飞过后，夜风中并无轨迹，而人又何尝不是？

但庙堂上的宋孝宗并没有遗忘他，1165 年，张孝祥复官，知静江府；1167 年，转知潭州；1168 年 3 月，知荆南，加荆湖北路安抚使。

张孝祥也许是这样一种人，在给他驰骋的天地里，他总能做出自己的成绩来。在潭州时，“狱事清静，庭无留滞”（张栻《敬简堂记》），而武备加强，军塞整修等业绩更是数不胜数。在芜湖时，张孝祥捐出自己的三百亩田地为湖，疏通水源，为芜湖开通“水泽地脉”，也就是今天的镜湖。

后世有人以为，张孝祥出守六郡时，对地方皆有惠政，受到人们的敬重和怀念。事实上也是，当时半壁江山的南宋，人心惶惶，内忧外患，或许在张孝祥的内心，唯有安定人心休养生息，以百姓为重才是正途。

张孝祥之所以在和与战两派之间有所漂移，暧昧不定，事实上也是他这种心境的真实反映。人的立场有时候并不是坚守就能解决问题，就像一条路堵住了，但总得找到新的出口。到了 1169 年，正好张孝祥父亲生病，处于官场的旋涡日久，张孝祥萌生退意，也许是暂时的，但是他当时心境的写照。获得批准后，张孝祥于当年 3 月回乡退隐，似乎要绝意仕途。

我相信一定有某种类似于信念的东西，在暗中折磨着他，也雕琢着他的理想和理念，这或许会在时间中成形。可惜的是，一个还算被命运眷顾的人却马上要被这个又爱又恨的世界抛弃了。

六

> 嗟呼！如君而止斯耶！其英迈豪特之气，其复可得耶！其如长江巨河，奔逸汹涌，渺然无际，而独不见其东汇溟渤之时耶！又如骅骝绿耳，追风绝尘，一日千里，而独不见其日暮税驾之所耶！此某所以痛之深，惜之至，而哭之悲也。

这是张浚的儿子，也是张孝祥的好友理学家张拭对张孝祥之死的哀叹。三十八岁正值盛年，张孝祥为什么会遽然凋零，难道果真天不假年？周密《齐东野语》中对此有所描述："以当暑送虞雍公（虞允文），饮芜湖舟中，中暑卒。"

按照历史的时间线去看，在这一年的8月，虞允文拜右仆射、同中书门下平章事兼枢密使。以此推算，这应该是虞允文从四川任上赶赴国都临安途中，路过芜湖，与好友杯酒言欢。对年龄小自己二十多岁的张孝祥，虞允文的期许或许超乎我们的理解。

不知道两个人在湖上谈了些什么，也不知道理念相同的好友相聚饮了多少美酒，以至于他们忘记了悬于湖面之上的骄阳，并且让张孝祥在中暑后就此撒手人寰。

当消息传到帝都临安之时，虞允文的悲痛可以想见。在虞允文为相的期间，洪适、杨万里、胡铨、周必大、王十朋等人得到了大力的提拔，但好友张孝祥却得不到他的提携了，甚至连孝宗都有用才不尽的叹息。

张孝祥的身后事却又是一团迷雾，1156年他再未见过李姓女，也没有线索表明他见过或指导过儿子张同之的学业。但张孝祥对这个儿子是记挂在心上的，有个想法想必是早早就已形成：在张孝祥死后，张同之袭荫官，并获得了孝祥生前住宅的继承权。

是一种补偿？在张孝祥中暑后到弥留之际的这一时间里，他为什么会选择这样做？张孝祥另一个小儿子太平（没有记载母亲是谁），却由张孝祥的堂叔父们带走抚养，并且与大哥张同之再也没有往来。张家撰写族谱时，只承认太平是张孝祥一房的继承人。

张同之做官时，因为堂叔张孝伯也在那个地方为官，他便上书乞请回避。今人黄佩玉在《张孝祥研究》中说："从张同之与其家族的关系来看，他请求回避的原因，是避免与张孝伯发生矛盾和冲突，多于回避亲属间的荫庇嫌疑。"

家家有本难念的经。时间把一切都设置成了迷宫，我们看到的往往只是雾中的一角，就像张孝祥词中所写——"妙处难与君说。"

张孝祥当年途经洞庭湖时，除了写下那阕《念奴娇·过洞庭》外，当舟泊金沙堆时，恰好到了中秋，他一个人突发雅兴，独自爬上岸边小山丘赏月后，又作《观月记》一文。

> 月极明于中秋，观中秋之月，临水胜；临水之观，宜独往；独往之地，去人远者又胜也。然中秋多无月，城郭宫室，安得皆临水？盖有之矣，若夫远去人迹，则必空旷幽绝之地。诚有好奇之士，亦安能独行以夜，而之空旷幽绝，蕲顷刻之玩也哉？今余之游金沙堆，其具是四美者欤？
>
> 盖余以八月之望过洞庭，天无纤云，月白如昼。沙当洞庭青草之中，其高十仞，四环之水，近者犹数百里。余系船其下，尽却童隶而登焉。沙之色正黄，与月相夺；水如玉盘，沙如金积，光采激射，体寒目眩，阆风、瑶台、广寒之宫，虽未尝身至其地，当亦如是而止耳。盖中秋之月，临水之观，独往而远人，于是为备。书以为金沙堆观月记。

在这篇抒发个人审美意趣的小品文里，张孝祥以为赏月的四个条件是：中秋月，临水，独往，去人远。从更大的意义上去看，这是他的一种美学情结。这种情结，事实上有着在天地间独来独往的孤独之气。他写的是月，但又何尝不是以月自喻。

带着光环和遗憾，张孝祥终究沉入到了“荒凉寂寞之乡”。

葵丘点兵吹角鸣

——闲读历史之李宝

胸蓄浩天志，刚毅不畏险。

雄风磅礴势，奋翼吞河川。

——李宝

一

就像是一部通俗小说里的人物，李宝这个名字和张三李四一样普通，缺乏光彩。但如果我们去看历史，这样普通的一个名字，却至少有过两个厉害的人物。

其中之一是后西凉国君主、北魏镇北将军李宝。他是西凉武昭王李暠之孙，酒泉太守李翻之子，西凉后主李歆之侄，十六国时期后西凉君主，后归顺北魏。至于为什么叫这么一个平常的名字？现在很难找到根据，也许就是出生时长辈有点漫不经心。

另外一个就是本文想说的人物李宝，出生于北宋，成名于南宋，山东宛亭人。他出生草根，从外号“泼李三”可以看出，这个外号和韩世忠发迹前的外号“泼韩五”相近，可能就是当时称呼某一种人的特定词汇。就像我读小学的时候，对戴眼镜的同学大多称呼“四罩儿”一样，我顶着这个绰号一直到高中毕业，当时的同学离散后。

南宋有不少知名的将领起于草莽之间。从出身而言，李宝比韩世忠或许更落魄些，他出生于哪一年都不可考。但这个人的气运在他的人生履历中又得到了证明，冥冥中他似乎受到了命运的眷顾，当然很大的程度上是因为他个人的能力。命运总是青睐有准备的人。

故事从1139年开始,故事开始的时候伴随着社会的动荡。如果不是社会动荡，在和平年代，像李宝这样一个乡下的农民子弟，在没有意外的情况下，他的人生是可以看见的，或者是面朝黄土背朝天，或者是成为如刘邦少年时荼毒乡里的无赖痴汉。但时代让他的人生发生了意外，成了另外一个人，走上了另一条路。尽管从个体的角度而言，这样的生活更加艰难，甚至充满了种种叵测。

靖康之变，这大地的动荡，让李宝沉睡在身体里的精神气得到了一次释放。当金军的铁蹄肆虐中原大地时，李宝在濮州（今山东鄄城北）啸聚了一帮悍勇之士与之对抗。这里可以看出，他在自己的地盘上，尤其在底层百姓中，有着相当的号召力。按照通常的社会经验，从孩提时候起，李宝应该就有领袖群伦的魅力，比如胆大，比如自信，他的身上应该有一种鼓动的能力。

关于这一切，在李宝的史料记载中都查找不到，仿佛一阵风就让它们消散了。李宝临时所组建的这支义军，战斗力不能和正规军比，战略上的素养也不能和正规军比，他们凭借的只是匹夫之勇，这来得快去得也快。这支队伍很快就被训练有素的金军打散了。也许从这个时候起，李宝明白了自己的短板和差距，有心报国，无力杀贼，带着剩下的人马，加上李宝共四十人，决定去投军。

李宝的眼光非常准，找到的是岳飞，可能是因为岳飞的声名已经传诵于民间草野之中。

历史的吊诡在于它的发展每每出乎我们的想象，比如李宝出身乡野，似乎也没有读过书，但却有诗句传世。这可能是北宋韩琦所说的“东华门外唱名方为好男儿”的一个体现。我们能看到的李宝的诗不多，除了放在文章前面的《睹鹰曰志》，另有一首《咏葵丘》似乎略好一点：“昔日诸侯会此盟，坛高路远望京城。靖康之耻埋壮志，葵丘点兵吹角鸣。”也就是直抒胸臆的写作，写的是李宝收复中原的志向，当然算不上好诗，符合我们对他的认知，甚至也有可能是李宝的幕僚的代笔，反正也无从查证。

到了岳飞那里，按照传统评书里的情节，应该是英雄惜英雄的桥段，最好能够结拜成兄弟，好像也是。对李宝的投靠，岳飞是欢迎的。他得知李宝过往的事迹后，大为赞叹，也觉得李宝并非池中之物。据说岳飞为了降大任于李宝，也许觉得他过于自由散漫，要锻炼他，把李宝下沉到普通军营中历练。岳飞可能觉得，李宝这一队人并非正规军出身，他们需要真正部队的锻造。岳飞的情商之低从这里可以看出：你是好心，但得让对方感受到，要不这就是轻视了对方。

李宝自己肯定是有想法的，但他还能保持缄默，而追随他的那些弟兄则愤愤不平。当老大并不容易，在享受他们的追随时也得照顾他们的情绪，兄弟们不想在这里干了，李宝必须安抚。当天夜里，趁着月色，李宝带着手下三十九人静悄悄出营离开，想另投他处。

按照草莽中浪荡儿的想法，我来了，我走了，不带走一片云彩。这样是可行的。

但现实不是这样的，你来了就不能自由离开，部队有部队的那一套规则。岳飞治军是真有一套，很是铁腕，没等李宝他们想到再投何处时，就被抓了回来。在这样的乱世，李宝等人进而复出的行径无异于潜逃。军队不是集市，岳飞为了整肃军纪，也为了杀鸡儆猴，下令处死这四十人，并把李宝安排在最后。因为他是领头的，领头就要比手下人承受得更多。

这个时候可以看出李宝的担当和胸中的沟壑了。他仿佛不知道死之将至，犹如坐在一场盛宴的中心，面不改色心不跳，在兄弟们的人头如桃子坠地之时，和岳飞侃侃而谈了一番反击金人的规划。

这打动了岳飞，其中的一些真知灼见让岳飞心有戚戚，居然让这位意志坚决的统帅放弃了处决李宝的念头。但他同时让李宝必须戴罪立功，并且要离开大部队深入到敌后。这也是李宝反击金人规划中的一环：开辟敌后战场。

在未来的某一天，这种离开又挽救了李宝。在秦桧清算岳家军时，李宝避开了正面的冲击，这个我们后面再说。

只是可惜了那三十九个追随李宝的热血汉子，但一将功成万骨枯。或者在静寂的午夜梦回时，李宝脑海中会浮现出这些汉子的面容。他们也可能已经寄身于李宝的皮囊里了，李宝就是他们的代言者。

二

李宝离开了岳飞的军营，不知道他有没有带着人走。但这个时候，他算是有了一个官方的身份：河北路统领忠义军马。这应该是个虚衔，或者说是给了李宝一个官方的名头，可以便宜行事。

我们永远也不会知道的是，在当年，岳飞和李宝之间有没有深入交流，或者说，他们之间有没有过对时局的探讨，也许有，也许只是浅尝辄止。转了一圈，李宝又秘密潜回山东，但朝廷没有任何钱粮调拨，只是顶着一个看起来还算靠谱的虚名。在这样极端艰难的情况下，李宝真的组织起了一支抗金的义军。

说孤胆英雄也好，说敌后武工队也罢，这支队伍李宝就真的拉了起来，这是对他能力的一种挑战，或者就是一次磨炼。我们能够确切知道的是，在1140年，当宋金停战盟约被背弃后，两国间的战争爆发，李宝的队伍为配合岳家军反攻，在山东发动多起袭击。这些袭击牵制了金国军队的有生力量，多多少少减缓了金军对南宋的正面冲击。

和李宝的情况相似，孙彦、梁兴、董荣等投军的豪杰也被岳飞陆续派往河北、太行山区等地，以配合作战。换句话说，当年李宝和岳飞所说的反击金人的策略是有效的。

但在主和为基调的战略下，这些杯水车薪的布置终究无法逆转局势。到了宋金相持阶段，在敌区的李宝部得不到支援，难挽劣势，被金军围剿。李宝部解散，李宝只身通过水路逃回宋朝。关于李宝的这次逃亡，在《宋史·李宝传》中有所记载，高宗谓宰臣曰："李宝顷因召对，询以北事，历历如数。且以一介脱身还朝，陛对无一毫沮慑，是必能事者。"笔墨不多，但透露的信息不少，用后世曾国藩的话来说，李宝就是屡败屡战，而他的手下大抵在这败退的过程中壮烈殉国。可能在这次水路逃亡中，李宝产生了水上作战的念头。一个有准备的人即使在最坏的情况下，他都有对命运的审视，对自己未来的计划，或者他的灵光一现成就了一番事业。

回到宋朝后，李宝没有回到岳飞的麾下，不知道是他自己的要求还是别的原因，而是到了韩世忠的帐下。从人的气质等因素而言，李宝和韩世忠可能更有亲近感，毕竟两人都在社会底层打滚厮混过，甚至连外号都几乎一样。韩世忠对李宝是信任的，在交流过以后，他给予李宝重任，负责守卫海州（今江苏连云港海州区）。

高宗赵构召见李宝估计在此时，可能是李宝随韩世忠觐见。但这种阴差阳错使得李宝躲过了一年后的杀身之祸。

1142 年，宋高宗赵构诏：“岳飞特赐死。张宪、岳云并依军法施行，令杨沂中监斩。”岳飞的供状上只留下八个绝笔字：“天日昭昭，天日昭昭！”

很多年后，我们依然在为谁是杀害岳飞的幕后主谋而争论不休，客观来说，那个时代的环境和人的视野都是同谋。

在这之后，大清洗不可避免。受到牵连的岳家军将领甚广，除了王贵被张浚以隐私威胁后对岳飞反戈一击，后称病离军，改授侍卫亲军步军副都指挥使、福建路马步军副都总管，去世后追赠宁国军节度使外，评书中广泛受人喜爱，传说气死金兀术后笑死的牛皋隔了数年也被一杯鸩酒毒死了之。但李宝没有受到冲击，一方面他和岳飞的关系若即若离，且早已归于韩世忠帐下，另外一方面可能是赵构的一念之仁。宋高宗对李宝的感觉颇好，在《续资治通鉴》中有所记载，宋高宗曾对亲信大臣说：“李宝骁勇善战，深谙韬略，可以依靠。”

在 1142 年之后的近十八年里，李宝已一步步升为浙西路马步军副总管。按照《宋史》的说法，这一职位是在李宝毛遂自荐之后宋高宗封的。但不管怎么样，在岳飞等将星陨落之后，李宝渐渐成为宋之“长城”和“屏障”了。

那场由李宝指挥，并被英国史学家列入《影响人类最重大的 100 次战役》中的唐岛之战正在十八年后等着他，仿佛他前面的种种经历，都是序幕。

有些人的一生，大概就是为某一时刻而准备的。

三

站在后世的角度去看，1141 年宋金所签署的“绍兴和议”，无论哪边占了便宜哪边吃亏了，对宋和金两国都有积极的意义，不至于让两国完全滑入到战争的泥淖中。这个和议于宋而言，在半壁江山中至少站稳了脚跟，经济上也得以高速发展。

但金对宋版图上的江南春色垂涎已久，到了 1148 年，称得上雄才大略的金兀术死去。他的死和牛皋是没有任何关系的，和岳飞的儿子岳雷也没有关系，1148 年的牛皋和岳雷都是人们想象中的人物。完颜亮继任右丞相，据说他风仪闲逸静和，体态雄伟练达，是汉文化的粉丝，而且对权谋非常熟悉。熙宗完颜亶对他一直忌惮，两者关系不可能默契，彼此之间有着不可调和的矛盾。到了完颜亮任右丞相的第二年，也许是矛盾激化，完颜亮利用手中的权力，索性弑君而篡位称帝，改元天德。

在位十二年的完颜亮是一个非常有意思的两面人。一方面他残暴荒淫，有众多以他为种马般主角的话本小说。海陵王的故事在网络时代同样是一个视点，一个被人们反复传播的梗。另外一方面他是一个合适的统治者，起码在他统治的多数时间里，他能够在吏治、农业、财税、中央集权等方面励精图治，颇有建树。

停杯不举，停歌不发，等候银蟾出海。不知何处片云来，做许大、通天障碍。

虬髯捻断，星眸睁裂，唯恨剑锋不快。一挥截断紫云腰，仔细看、嫦娥体态。

这是完颜亮留下来的一阕《鹊桥仙·待月》的词，他的文学素养可见一斑。史书上有一个非常有意思的说法，说完颜亮意图颠覆南宋的半壁江山，主要是受柳永《望海潮》一词的诱惑。“东南形胜，三吴都会，钱塘自古繁华。烟柳画桥，风帘翠幕，参差十万人家。云树绕堤沙，怒涛卷霜雪，天堑无涯。市列珠玑，户盈罗绮，竞豪奢。　　重湖叠巘清嘉。有三秋桂子，十里荷花。羌管弄晴，菱歌泛夜，嬉嬉钓叟莲娃。千骑拥高牙。乘醉听箫鼓，吟赏烟霞。异日图将好景，归去凤池夸。”

完颜亮读到这阕词的时候，对这锦绣江山起了贪念。说得好像这文字就是他黑暗内心的原动力了，这大抵出于后世文人的意淫，认为文字可抵万军。但花花世界对完颜亮等人的诱惑一直持续。我们可以从时间线上去捋：1151 年，金大修燕京，1153 年从上京迁都燕京，命名中都大兴府。接着又修汴京，完颜亮的意图很明确，逐步南迁，以便对南宋的军事进攻。

图穷而匕见，到了1159年正月，宋、金贸易的榷场，除泗州一处外全部被金停止。战争的脚步已经越来越近。这年2月，金国在通州造战船，并抓紧修建开封的宫殿，要知道开封曾经是北宋的都城啊，所谓此一时彼一时就是如此。

1161年7月，金迁都汴京。9月，六十万大兵分四路大举南侵。其中东路由完颜亮亲自率领，由寿春攻淮南，势在一举灭亡南宋。这次战争的另外一个因素，应该是完颜亮为了转移内部对他统治的不满情绪。在他执政的后期，金国的一些矛盾逐渐暴露出来，而上位者的游戏完颜亮玩得很溜。

在海路上，完颜亮派出了七万金兵，驾驭战船六百余艘。

如果不是遇到李宝和魏胜，完颜亮的计划也许完成了，历史或许改写。魏胜这个人我们前面没有提到过，他的经历和李宝相似。这两人的名字都很平常，平常得就像是张三李四，如果不是时势造英雄，他们本来也就是张三和李四。

魏胜最早是在楚州时投入韩世忠军中，招募进来的时候，是一名弓箭手。1141年5月后，“在淮十余年而金人不敢犯”的韩世忠移驻镇江，魏胜却留了下来。应该是出于自愿，他成为一个侦察员，经常以盐贩、匠人等身份去刺探金国军情。

1161年，在完颜亮尚未发动南征之际，魏胜探知并分析出金军将大举南侵的消息，并建议楚州知州蓝师稷趁金兵不备袭取涟水。蓝师稷不听。一个有趣而悲壮的故事发生了，魏胜自己召集了三百壮士，连夜渡过淮河，一举占领了涟水城，之后又向海州进发，并收复海州，魏胜自己权知州事。

在之后，魏胜和他率领的乌合之众，居然一次次顶住了金人的反扑，使得海州成为钉在完颜亮脊背上的芒刺。这枚芒刺，后来在魏胜李宝双剑合璧后果然收到了奇效。

此时，李宝正在临安请战，高宗问他："舟几何？"

李宝说："坚全可涉风涛者，百二十艘。"

"兵几何？"

对答："仅三千，皆闽、浙弓弩手，非正兵也。旗帜甲仗亦粗备。事急矣，臣愿亟发。"

力量的对比是如此悬殊。但李宝有他自己的想法，正如当年在死神到来之前，他面对岳飞时的从容自若，这次他面对高宗侃侃而谈：面对强大骄横的金国舰队，与其坐以待毙，不如主动出击，在最佳时机中歼灭敌人。

我们一贯把赵构看作是孱弱无用之人。但事实上，一个在弱冠之年只身入金营，并在近乎不可能的情况下，重续宋史的宋高宗岂是简单易与之人。在李宝的叙述中，赵构看到了一种置之死地而后生的可能。大厦将倾，这算是死马当作活马医，于是赵构赐给李宝玉带、马匹，以及数以万计的银两、绢等作为军费。

出发前夕，李宝在部下面前折箭为誓，并留下亲笔遗书，安排好自己的后事。到了8月，李宝远征舰队从平江军港起航，东出长江口，沿海岸向陌生的金国腹地驶去，并由江阴入海北上，迎击金军舟师。

当时，也许并没有多少人看好这支远征军，有人认为是

飞蛾扑火。但结果我们已经知道："向微唐岛之捷，则亮之死未可期，钱塘之危可忧也，宝之功大矣！"（见元脱脱等编著《宋史》）

但回顾这场战争，依然有诸多荡气回肠之处。如果能够拍成好莱坞般的战争巨制，类似于《勇敢的心》这样的大片，想想都让人期待。

四

在李宝大军开拔的同时，魏胜在海州也节节胜利。两人也终于有了联系，《宋史·李宝传》中对此的记录是：

> 八月，次江阴，先遣其子公佐，谓曰："汝为潜伺敌动静虚实，毋误。"公佐受命，即与将官边士宁偕往……士宁自密州回，得敌耗甚悉，且言公佐已挟魏胜得海州。宝喜曰："吾儿不负乃翁矣。"……胜出城迎，宝奖其忠义，勉以共立功名，胜感泣。

这里有兴趣的朋友可以去找来《李宝传》读一下。另外还有一种说法是李宝派他的儿子李公佐从海上刺探敌情，乘船到海州以后才知道魏胜为国家立了这么大的功劳。李宝闻讯后一面向朝廷表奏，一面邀魏胜共商破敌之策。

这个我们没法探究，历史的细节常常在演义和真实之间。既然是写李宝，我们就从李宝的时间线上去说。

出海后，当时西北风凛冽，恶浪滔天，部下多有怨言，李宝下令出言沮丧士气者斩！他对左右慷慨陈词，又一次表明自己的心意："我李宝心如磐石，上天怎么试探我都不会改变！"

在海州东南的东海县登陆时，面对岸上聚集的金军，李宝以剑画地道："奋力死战！"然后他挺槊猛冲，在这种主将勇猛之气的感召下，士卒无不以一当百，金军溃散而去。

在冷兵器时代，以槊为武器者大抵勇武过人。比如传说中的宇文成都、尉迟敬德，而真实历史上的秦琼、程咬金使用的也是马槊。按照后人的研究，槊柄一般长六尺，槊头呈圆锤状，有的头上装有铁钉若干，有的槊柄尾端装有镈，远远长于普通的枪、矛，既可用于骑兵冲锋，又可舞槊横扫。其主要技法有劈、盖、截、拦、撩、冲、带、挑等。这一兵器平庸之辈很难驾驭。

李宝此时所使用的应该是步槊。但可知他的勇力，不说万人敌，以一当十或以一搏百是有可能的。

入城后李宝终于见到了传说中的魏胜，两人的这次相谈在我想来是愉快的：共同的抱负和理想，在海天一色中大丈夫的胸襟亦当如此。魏胜告诉李宝的一个细节在之后的战争中举足轻重。他们抓住了一条线，并把这条线扯出来，导致金军的溃败。这条线说说也简单，金人练兵时少大江大河，只在平静无波的内河上操练，一到海上很多人就头晕目眩。与此同时，善于谋略和发现的李宝，注意到金兵的船只都用油帆，这意味着金军的战船着火后易燃。一场惊天动地的海战已然酝酿，当然从局外的眼光去看，也是时机恰好，关键是决策者和指挥者抓住了这稍纵即逝的机会。这需要长时间的训练和自我的磨炼。

当李宝的海军10月下旬航行至石臼岛海域时，数百名金军中的汉军前来投诚。他们是身在曹营心在汉，有这么一个机会就想着回归到自己的族群里。他们给李宝带来的消息是，金军船队刚刚驶出基地。当下，李宝帐下裨将曹洋请进攻金军船队，李宝深以为然。但帐下多数部下认为敌众我寡风向不利，应该另觅战机。李宝听是听了，耳朵是关闭的，对这些建议一一排除，命曹洋等一路奔袭。

10月27日清晨，海上霞光初露，刮着南风，海面上有海鸥盘旋，多么好的一个早晨。宋军船队突然出现在视野中，金军船队发现后，在仓促中张帆迎战，宋军正好火箭远程迎敌。火箭不仅箭头燃火，尾部也采用火药驱动，射程极远，顺风射去，一下引燃许多金军挂着油帆的舰船。

宋军一路推进，之后用大炮、床弩等重型武器攻击。霹雳炮和火球炮，世界上最早的火药驱动的重武器，大概在这一次海战中得以显现狰狞。

别着急，还有更猛的，到了距离更近一点的时候，李宝等人秘密研制的新式武器猛油火柜出世。猛油火柜是以石油为燃料的巨型喷火器，用熟铜制成柜，柜有四脚，上有四个铜管，管上横置唧筒，与油柜相通。唧筒前部为内装引火药的火楼。使用时，烧红的烙锥点燃火楼中的引火药，然后用力抽拉唧筒，向油柜中空气施压，进而使猛火油从火楼喷出长长的火舌，在当时可谓恐怖。金军船队的风帆当时已被大量引燃，此刻更是陷入一片火海……金军虽然人多，但被各个击破后，惨遭全歼，只有浙东道水军都统制苏保衡只身逃脱，

这便是唐岛之战，历史上又称黄海奔袭战，是一次扭转南宋历史的关键战役。李宝也因功授静海军节度使、沿海制置使。到1163年，兼御营统制官。次年，升沿海御前水军都统制，相当于南宋的海军总司令。

《宋史》中这样记载消息传回时赵构的反应：

> 上喜曰："朕独用李宝，果立功，为天下倡矣。"诏奖谕，书"忠勇李宝"四字，表其旗帜。

一百余年后，在南宋犹如夕阳坠入海面之际，无法力挽狂澜的文天祥如是感慨："然使之无得弃去，则中国之技，未为尽出其下，彼亦犹畏中国之有其人也。独惟旧海，在天一隅，逆雏冗之者，数年于兹。飓风瞬息，一苇可航，彼未必不朝夕为趁浙计，然而未能焉，短于舟，疏于水，惧吾唐岛之有李宝在耳。"

文天祥是从水路被押解到元大都的，在路途上远眺李宝的海军曾经纵横驰骋的洋面时，内心的悲怆可以想见。

金乌摇摇欲坠，李宝挽救过的宋朝终究沉没于时间之渊。

五

先说说这场战争的后续，相对于赵构的欣喜，完颜亮知道这场海上大败之时，正忍受着另一个战场失败的煎熬：在采石之战中被虞允文所败。

此后不久，失去耐心的完颜亮开始了艺术家气质的作死，他命令麾下全军三天内要完成南渡，否则全部处死。这激化了内部的矛盾，他的统治本来没有那么坚固，只是之前没有暴露出来。12 月 5 日，完颜亮被部将完颜元宜所杀，时年四十岁，金军此次南征彻底失败。

完颜亮在后世的故事里常常被称为海陵王，主要是他死后被剥夺皇帝位，先被追废为海陵炀王，不久又被废为庶人。海陵王的故事通常以艳情和荒淫为主，从时间的领地上抹去了他生前的努力。如果完颜亮知道这个结果，也许会仰天大笑，以他的浩阔之词相答："断锁机谋，垂鞭方略，人事本无今古。试展卧龙韬韫，果见成功旦莫。问江左，想云霓望切，玄黄迎路。"

而对立面的另一位大佬宋高宗赵构，在战争之后也许是疲倦了，或者深谙中庸之道，凡事不能求全，他萌生了退意，在第二年五十六岁时禅位于皇太子赵昚，被尊为光尧寿圣宪天体道性仁诚德经武纬文绍业兴统明谟盛烈太上皇帝。一个多么伟大的称呼，如果单纯从这个名字去看，你能想到这是偏居一隅的王朝统治者吗？赵构的太上皇生涯很长，一直到了 1187 年八十一岁时“薨”。

在这场海战中耀眼闪光的李宝和魏胜两位将军，他们的结局也大不相同。先说魏胜，在李宝表奏朝廷后，魏胜被封为合门祗候，正式被任命为海州知州兼山东路忠义军都统。之后受到都督张浚重用，转授他为合门宣赞舍人、山东路忠义军都统制兼镇江府驻扎御前前军统制，仍知海州。

1164 年，宋与金再次议和，海州又一次划入金国，魏胜被调任楚州知州，专门负责清河口（今淮安市清江浦区）的军务，受淮东路安抚使刘宝的节制。在魏胜四十五岁时，和金军打了一场遭遇战，在如蝗飞矢中陨灭，主要原因是刘宝的见死不救。宋孝宗得知后将刘宝贬往琼州，而魏胜被追赠为保宁军节度使，谥忠壮，在镇江府江口镇为他建造了褒忠庙，后来，又在他战死之处立下一座褒忠祠。

如果给魏胜相面，真有通晓阴阳的术士，大约会说：“遇宝而兴，遇宝而折。”

到 1188 年，宋孝宗依然记得魏胜，和大臣说，如果没有战事，我们又怎么能知道魏胜之能（“人才须用而后见，使魏胜不因边衅，何以见其才？”）。他爱屋及乌，对魏胜的两个儿子优渥有加，这个在很大的程度上和魏胜发明了如意战车和炮车相关。如意战车每辆可容五十多士兵，只需两人推动便可进退自如。炮车发火炮，有二百步外，有点像后世的坦克，战斗时，则出骑兵两向掩击，得势则乘胜追击，不利则避入阵中。朝廷按照魏胜这种战车的样式，为各军仿照制造，成为南宋军队的利器。宋孝宗大抵是睹物思人。

李宝同样对南宋军队的武器有着自己的贡献，《宋史》中说：“宝战具精利，宰臣陈康伯取其长枪，克敌弓弩，俾所司为式制之。”

李宝卒后谥忠勇，赠检校少保。但意味深长的是，魏胜之死我们能够找到确切的时间，而李宝之死和他的出生一样，没有一个确切的日子，仿佛时间已经遗忘了他。就像今天去读李宝的一生，仿佛雾里看花，他的一生充满了阴差阳错。当年如果他和岳飞走得更近一点，两个人的性格上能够相投，也许他早就被秦桧等当权者诛杀，而没有了后来唐岛海战的辉煌。

在我想来，李宝和提携他的韩世忠一样，在那个时代，有一种生存的智慧。这智慧，让他从赳赳武夫变得圆润通达，“泼李三”能够写作诗词这本身说明了许多：他努力去融入那个时代。但他不知道的是，那个时代并不是最好的时代。

李宝的眼眸里，倒映着那些战舰被击碎后，浮沉于碧波中的碎影。海鸥栖息在一小片木头上，飘远了，飘到我们视野穷尽之处，终于不见。

我最怜君中宵舞

——闲读历史之毕再遇

滚滚长江东逝水，浪花淘尽英雄。是非成败转头空。青山依旧在，几度夕阳红。

白发渔樵江渚上，惯看秋月春风。一壶浊酒喜相逢。古今多少事，都付笑谈中。

——杨慎

一

在我们的记忆里，似乎南宋就是个经济繁荣而军事软弱的朝廷，偏安于江南一隅，整个就是一个苟且求安的形象。但与此相映成趣的是，从中兴四将开始，南宋的名将层出不穷，像我们所熟知的陈亮、辛弃疾、余玠、孟珙等。也有一些我们并不熟悉，却在史书上有着偌大名声，端的是威风赫赫。比如毕再遇（约 1147—1217），他是我们观察南宋军事领域一个非常独特的标本。

冷兵器时代的武将，大抵少年成名，这和战场上主要靠的是勇力有关。人在二三十岁时，正是血气悍勇之时，过了四十岁，则气血渐衰。但毕再遇是个例外，他声名鹊起之时已经将近六十。

南宋的名将中，像我们熟悉的韩世忠、岳飞都精于诗词，晚一点的辛弃疾、陈亮等更不用说了。毕再遇就是一个武夫，但这个武夫又不一般。他在战场上的那些计谋，后来被罗贯中信手拈来放在了《三国演义》里，让后世的人看得如醉如痴，信以为真。

毕再遇的前半生基本上属于蹉跎，属于社会上多数人的常态。他是将二代，其父亲毕进，在建炎年间跟从岳飞护卫八陵，转战江、淮之间，积官至武义大夫。在岳飞帐下听命者中，毕进不是那种光彩夺目的主角。在我的记忆里，《说岳》中似乎没有毕进的名字，但应该是立下了战功的，只是为人低调容易被忽视。

毕再遇的仕途起点不低，因为父亲的缘故，以恩庇补官，隶侍卫马司。最主要的是他有能力，不是酒囊饭袋，并且是冷兵器时代武将的标配。有一次宋孝宗召见他时，毕再遇展现了自己超群的武艺：徒手能拉开二石七斗的弓，反手能拉开一石八斗的弓，徒步能射二石，骑马能射二石五斗。

宋孝宗看了当然高兴，有这样的猛将卫护，江山当无忧，就赐给毕再遇战袍、金钱。在帝王时代，这样的遭际可谓荣耀之至。但人是有机遇的，对毕再遇这样的猛将而言，战争是他驰骋疆场的舞台。没有战争，有再大的能耐和才华也会被辗转湮没。

一杯茶泡好了，不去喝，管它是明前还是雨前的，最终都是被虚无泡废。毕再遇的青年时代就这样碌碌无为，毕再遇的壮年时代也这样碌碌无为。世人就当他是一介武夫，一个将二代，一个平庸的混世者。在漫长的和平时期，毕再遇的消遣大抵就是模仿他所膺服的战神狄青，打造了一个铁面具：在面具之下，有另外一个人的情怀。这个面具，一直戴到他年近花甲，戴到熟悉毕再遇的人都觉得他这一生可能就这样了。在舞台向毕再遇打开之前，他只是区区武节郎，位于宋代武将官阶下级之职。

在冷兵器的时代，喜欢戴着金属面具，冲锋陷阵一往无前的，除了毕再遇所服膺的战神狄青之外，在遥远的南北朝时期，有一个名将每次上阵都会戴上面具冲杀，金属面具成为他的标志性符号。这人就是北齐大将高长恭，也就是民间所说的兰陵王。

在战场上，高长恭戴面具和狄青戴面具的初衷应该相似，两人的长相都太过俊秀。冷酷的杀戮之心需要金属面具的烘托，他们都是威震天下的虎将。毕再遇，也是面具将军中的一员，面具之下，他有着对这山水的慈悲。

二

平地一声雷，战争在意料之中终于到来。在这雷声滚滚里，毕再遇突然化作了鹰，他毕竟不是池中之物。

1206年，宋宁宗当政，主战的韩侂胄任平章军国事。一方面由于金国国力衰竭，政权危机重重，让南宋的当政者看到了有机可乘的机会。另外一方面也是国内主战的呼声高涨。财力积累到一定程度的时候，人们需要外交上相得益彰的地位。于是，宋之北伐开始，兵分四路开始与金国开兵见仗。其中，殿帅郭倪招抚山东、京东。毕再遇的机会来了，他被郭倪派遣和统制陈孝庆攻取泗州。陈孝庆是他的直接领导。

毕再遇要当前锋，要当敢死军，要快马追回自己已逝的岁月。

郭倪给他八十七人，仅仅八十七人，这就是毕再遇的班底，也可能在部队中只招募到了这不到百人的胆大之兵。招抚司限定进兵的日期后，金人关闭了榷场，阻塞泗州城门。

毕再遇第一次向世人展现了自己的军事才华，而不仅仅是以勇力取胜。他对陈孝庆说："战无定法，我们要出其不意进兵。金人知道我们进兵的日期，肯定会有所防范，那么我们的行动就提早一天。"

陈孝庆同意了，大概他和毕再遇朝夕相处的这几日，两个人有过交谈，对毕的人品和才能都有信心。

毕再遇召集了敢死军，从物质和精神上都给予了鼓励。刀剑无眼，吃饱喝足才有力气杀敌。毕再遇用酒食招待士卒，在大块吃肉大碗喝酒的同时，用忠义思想激励将士为国效力，从物质到精神都有准备。

在隔着时间的纱幔去凝视这一日的场景时，恍惚可以看到，在席间，毕再遇一碗酒下去，估计会朗诵岳飞的《满江红》。慷慨激昂的言辞会沿着酒气化作勇敢和果决遍布他们高矮胖瘦不等的躯体，这些血肉之躯在此后将会绽放如花。

泗州有东西两城，八十七人，加上毕再遇自己也就八十八了，这点人只能集中火力打攻坚战。毕再遇观察城池后，作出了战术判断，先攻打西城。他身先士卒，快六十岁的人依然动如脱兔矫如游龙。一队人以迅雷不及掩耳之势登上城墙，杀敌数百人。

面对这样悍勇的收割者，金兵为之胆怯，守城的人打开北门逃走。这时西城还有人在坚守，毕再遇命手下打出大将旗，旗帜飘扬，旗下的铁面人大喊："大宋毕将军在此，还是中原遗民的可速来归降。"这是从意志上去摧毁敌人的信心，并起到了立竿见影的效果。金兵的胆气沉寂了，而打仗，拼的就是这一口气。

淮平知县见大势已去，遂献城投降。泗州两城很快就被宋军收复，毕再遇是首功。郭倪闻讯大喜，要犒劳他，想授予毕再遇御宝刺史牙牌。但毕再遇推辞了，而且推辞得很有技巧，也没让郭倪难堪。毕再遇说八十一州才收复两州，不能这样重赏。

从这一点上去看，毕再遇知分寸懂进退，或许是多年的冷板凳让他对世事有了顿悟，或许他觉得把功劳累积在一起才耀眼。

北伐在继续，毕再遇的传奇刚刚拉开序幕。

三

毕再遇的铁面具在后来的战争中，终于被他演变成了一种力量，一种威慑敌人的力量。他麾下的敢死队，都戴上了铁制的面具，除了能够起到防护作用之外，在这面具的遮掩中，毕再遇他们化身为征服者，战场上冰冷的神。

故事得从攻取宿州开始，郭倪派的将领是李汝翼和郭倬，又派陈孝庆等接应他们。毕再遇还是先锋，但此时率领的是骑兵了，共有四百八十名，攻取徐州，路上却遇到郭倬、李汝翼的兵卒带伤而回，并说宿州城下大水环绕，攻方失利，连统制田俊迈也被擒获了。

毕再遇催麾下骑兵疾驰，到了灵璧凤凰山一带，遇到陈孝庆的部队。陈孝庆正准备撤退，毕再遇说："我奉招抚的命令攻取徐州，借道到此。此时兵败，大丈夫当死在灵璧的北门外，不死在灵璧的南门外。"

此刻，五千多金人骑兵分两路追来，毕再遇令敢死军二十人守灵璧北门，自己率兵冲入敌阵。

毕再遇又一次带上了自己的铁面具，当他的将旗猎猎招展之时，泗州之战带来的威名，使得金军大呼："毕将军来了！"

人的名，树的影，何况面具下的毕再遇宛如盛年，手挥双刀，渡水追击，当者披靡，一口气杀出三十里。有些人天生就是为某些场合而生的，一将功成万骨枯，有人功名马上取，自然有人成为牺牲品。比如那个手持双铁锏跃跃欲试的金将，被毕再遇一刀砍于马下，成为记载毕再遇事迹的一个符号。

宋军撤退，毕再遇却是在灵璧留守多时，有点张飞独挡长坂桥的豪气。

但天一亮，他率手下徐徐撤退，并火烧灵璧城。

手下将士问为什么晚上不烧而现在烧？毕再遇说，如果晚上点火，敌在暗，我在明，容易让敌人看清我们的虚实。而白天点火，这烟尘可挡住敌人的视线。

兵易进难退，这是熟谙军事将领的常识。但人们往往会被表面的现象所迷惑，就像南宋发动的这场举国之力的北伐，毕再遇作为先锋克复泗州初战告捷，这本来是一场战争好的开端，但世事往往难料。

抗金名将吴璘的孙子吴曦，在没有征兆中投降了金人。这导致川陕战区的兵力全部转移到淮南战区及中原战区，而中原战区的皇甫斌以及淮南战区的李爽连连被击溃。

这里顺便说一下吴曦，他是导致这场北伐战争犹如多米诺骨牌倒塌中的关键一环。吴曦伯祖父吴玠、祖父吴璘都是抗金名将。吴璘在 1140 年率部在扶风击败金军，后任四川宣抚使后率部转战汉中，收复秦凤路等三路所辖十六州，镇守四川前后达二十多年，受封为新安郡王。吴曦的父亲吴挺继吴玠、吴璘之后镇守四川，在抗击金军南侵中屡立战功声望卓著。

因为祖辈、父辈的功劳，吴曦最初被朝廷授予右承奉郎（虚职文官）。1200年，吴曦经多次提升官至太尉（二品虚职武官）。当北伐筹划开始之时，“潜蓄异志”的吴曦依附韩侂胄，积极要求去抗金前线，得以出任兴州都统制兼知府。

到了北伐战争开始时，韩侂胄自然想到了吴曦。韩当吴曦是亲信，经过韩的提议，吴曦被任命为四川宣抚副使兼陕西、河东招抚使。掌握当地军政大权后，吴曦的异志有了实现的可能。他派其亲信姚淮源出使金国，愿将剑门关以外阶、成、西和、凤四州割让给金国，请求金国皇帝封自己为蜀王。

对这样从天而降的好事，金国当然是笑纳了。这也可以看到韩侂胄秉政的一些问题，起码识人不明是他的缺陷。

吴曦推倒了北伐战争失败的第一块骨牌，从轰轰烈烈的北伐变成了防御，攻守之势就此变换。

我们回到毕再遇这里，在这场撤退中，他还贡献了一个空城计。清人所编撰的《续资治通鉴》卷一百五十七记载：金宋大营相邻，近到能够听到对方的军鼓之声，金兵听到宋军军营一天到晚鼓声不断，应该是为了鼓舞士气。在宋营的击鼓声中，金兵调兵遣将，准备和宋兵决战。但几天之后，宋营鼓声渐弱，莫非宋军士气大减？当金兵冲进宋营时，傻眼了，宋营早已是一座空营，而每一面鼓上都吊着一只羊，羊的两只前蹄顶在鼓面上。羊挣扎时两只前蹄不停地乱踢，于是击响了战鼓。鼓声掩护着宋军在不动声色中撤退。

这悬羊击鼓并非毕再遇首创。战国时，齐国公孙小白在鲍叔牙护送下准备回临淄即位。鲁国国君鲁庄公在管仲带领下（护送公子纠）也准备回国即位。两军在淄河相遇，小白被围困在山上，人困马乏，粮草断绝。危急时刻，有士兵探知山的东南有一小路可经青州赴临淄。小白大喜，命手下兵卒捉来十余只山羊，拴住后腿，吊在树上，前蹄下置一面战鼓。又命士卒在山上挖出战壕，将饥饿的战马放置在战壕中。自己率兵悄悄下了山，沿山路经青州回到临淄登基坐殿。小白就是后来成为霸主的齐桓公。

毕再遇是活学活用，用古人的智慧戏耍了金军一回。

浩浩荡荡的北伐大戏变成了喧嚣过后的泡沫，也唯有铁器罩头，胯下苍龙战驹，掌中双刀，宛如神鬼之将的毕再遇成了北伐中少有的亮点。

毕再遇回到泗州后，因军功从武节郎超升为武功大夫，被任命为左骁卫将军。不久泗州被朝廷放弃。这应该是出于战术的考虑，势已不可为。朝廷命令毕再遇回盱眙，并任盱眙军知军，不久改为镇江中军统制，仍任盱眙军知军，同时被授予达州刺史。

在一年的时间里，毕再遇的官职一升再升，仿佛他之前的平淡是一种蛰伏，一遇风云便化龙。但遗憾的是，个人的力量并不能改变大局，大势如此，徒让人扼腕长叹。

四

由南宋发起的北伐突然间反了过来。

到了这一年的冬天，金人共七万步兵和骑兵，乘着五百多艘战船渡过淮河，驻扎在楚州、淮阴之间。楚州危急，宣抚司传檄文让毕再遇援助楚州，派段政、张贵代替他守盱眙。

这里还有个插曲，在毕再遇离开盱眙后，接任的段政等人面对金人，惊慌溃退，金人畅通无阻进入盱眙。毕再遇闻讯后，杀了一个回马枪，又收复盱眙，被任命为镇江副都统制。

毕再遇到了楚州，探知金兵有三千人在淮阴看护粮草，又有三千艘载粮船停泊在大清河。

毕再遇想到了一种可能，一出大戏正在上演。毕再遇命部下从小路奔淮阴，这个时间掐得很准，是急行军。到了晚上二更时，士兵口中含枚，鸦雀无声地潜入敌营，他们每个人携带着火种，任务是，听到哨声就点火。

哨声响起，火势弥漫，转眼间就火烧连营。

谋划成功了。毕再遇却非常清醒，他提兵赶赴淮西六合。理由是楚州城坚兵多，而敌人粮草已空，不能够拖延时日，金人会速战速决，所以就一定会集全力攻打六合。

果然，合格的将领不一定有万夫不当之勇，但必须料敌先机。金兵来了，兵锋抵达距离六合不远的竹镇。毕再遇早已到了这里，他的部队登上城墙后，便偃旗息鼓，静悄悄仿佛一无所觉，但其实已经在南土门设下伏兵，弓箭手排列在土城上。

金军刚接近堑壕,宋军万箭齐发,出城迎敌。听到战鼓声,城上旗帜并举。金人慌忙逃跑,宋兵追击,大败敌人。

《三国演义》里草船借箭的故事,多半是从毕再遇守六合城时演义出来的。金国万户完颜蒲辣都、千户泥庞古等率十万骑兵进兵围六合城数重,想烧毁堤塘木,水灌堑壕。毕再遇部用强弩射退敌人,不久城中箭已用尽。毕再遇命人打开青盖往来于城上,金人以为是宋军统帅,争相射箭,一会儿城墙上的箭像刺猬一样,宋军得到二十多万支箭。

当时,毕再遇的故事在民间流传甚广。像这种计谋,老百姓很是津津乐道。罗贯中可能据此演义出草船借箭的故事。

之后,毕再遇又玩了个类似空城计的计谋。因为当时金军攻城失败后,增兵,营帐绵延三十里,从视觉上就让人震撼。毕再遇令属下在城门口奏乐,表示宋军很悠闲,给人成竹在胸的感觉。管弦之声不绝于耳,城中守军听到音乐,感到很轻松,人心稳定,金军却莫名其妙,不知宋兵何为。等金军有懈怠时,毕再遇却又派奇兵骚扰,让金军昼夜不得休息,使之疲乏。

金军一无所获,溃退之后,毕再遇率军一路追击到滁州,获骡马一千五百三十一匹、鞍六百套,很多铠甲、旗帜。

这次的追击也有故事可说。毕再遇探知金兵撤退后,率领部队绕至敌后,把事先用香料煮好的豆子撒满地面,然后开始进攻。等金兵过来打遭遇战时且战且退,将金兵引入预定地点。

此时天至傍晚，暮色四合，正是人困马饥的时候，金兵的马匹闻到豆香就驻足吃豆，任凭怎么抽打也不肯舍下美食。金兵因此阵容混乱，宋军伏兵齐出，大获全胜。

毕再遇的事迹被报到朝堂之后，叙功，被授予忠州团练使。这虽然是个荣衔，却标志着毕再遇已经步入高官序列。到了 1207 年，又被任命为镇江都统制兼权山东、京东招抚司事。

毕再遇回到扬州后，又被授予骁卫大将军。等到毕再遇解去楚州之围后，兼任扬州知州、淮东安抚使。

毕再遇因军功而兴。作为将二代，此时他的官衔已远远高于其父亲。勇猛善战是一回事，他的韬略也非同寻常，而且他的才华表现得非常全面。比如，毕再遇对铠甲的改造，使得铠甲从笨重变得轻便：长不过膝，袖长不过肘，头盔也减轻重量，马甲换成了皮革的……在沉寂中度过大半生的毕再遇，短短的这两年宛如烟花灿烂，成为半壁江山中绚丽的那一抹。

许多年后，张爱玲说的出名要趁早无疑是真理。毕再遇毕竟上了年岁，又过一年，也就是在 1208 年，因为身体上的原因，毕再遇上书要求解甲归田。但朝堂不允，让其任何康军承宣使，不久又让他带职奏事，提拔为佑神观使。到了 1213 年，转任提举太平兴国宫。1217 年，任命为武信军节度使，晚年在遂宁辞官归居颐养天年。

对毕再遇这样的功臣，南宋朝堂是优渥有加的。在毕再遇七十岁（1217）过世后，被追封为太尉、太师，谥号忠毅。后来金人再度南下，国难思良将，也许在这个时候，在皇帝和秉政权贵的心中，毕再遇那样的将帅之才是多么难得啊。

有趣的是，毕再遇仿效高长恭、狄青戴面具杀敌，在他身故以后，南宋的军伍之间，又崛起了一个叫扈再兴的猛将，字叔起，随州土豪，也喜欢戴着铁面具杀敌。扈再兴臂力奇大，且和毕再遇一样善于机变，战斗中挥双刃奋呼入阵，人马辟易。

这种传承读起来非常意味深长，名字也很有趣，一个再遇，一个再兴，不知道他们有没有遇见过。

五

残山剩水，满目疮痍，即使毕再遇年轻上二十岁，面对这样的江山，纵然有激荡之情怀又能如何？

就像他那匹失去主人后的战马黑大虫，烈马神骏，就像它的名字一样，一般人无法驾驭。在毕再遇死后，黑大虫被毕再遇的家人用铁链拴在马棚，怕它误伤了旁人。有一天岳庙迎神，金鼓之声由远而近，仿佛战场上的鼓声。黑大虫初闻金鼓声，即振奋不已，以为主人回来了，要带着自己上阵杀敌。后不见有人为自己解索，它长嘶奋迅，极力挣扎，竟然挣断了铁链冲上大街。毕家人急令十几个家人去追，好不容易才把它牵回来。再把它拴好时，家人对黑大虫说：“将军已死，你也没仗可打了，千万别再跑出去惹事。”

这马侧耳倾听，数息后，仿佛懂了，突然间眼泪喷涌，长嘶数声后倒地而亡。

《毕将军马》这个故事记载于宋代周密的《齐东野语》，也许真，也许假。在这匹脱缰狂奔的战马身上，或许藏着那个时代的民意和热血。在读到这个故事之后，我写过一首题名为《毕将军马》的诗，以纪念这样一匹马，附在本文的后面。从这匹马的故事里，我们可以思考生之意义和生之虚无。

从个人遭遇上来说，是北伐成就了毕再遇。但北伐的倡导者韩侂胄被主和派史弥远等人杀害后，被当时的史书大加鞭笞，与秦桧一起被打入《奸臣传》。

更让人不可思议的是，韩侂胄的头颅被主和派献给金国。如果毕再遇有知，不知道会作何感想，倒是金国人佩服韩侂胄的气节。“韩侂胄函首才至虏界，虏之台谏文章言侂胄忠于其国，缪于其身，封为忠缪侯。”金国人还将韩侂胄的头安葬在其祖先韩琦的墓旁边，以示对其尊重。

历史的谲诡之处或在于此，它时常会有黑色幽默般的微笑，仿佛时间之途的错综复杂。我们陷身于其中时，并不知道它的走向，也无从评判一个时代的得与失。这正如毕再遇，当他以为一生就这么庸庸碌碌过去时，自己的才智突然被点燃，而他也为自己的时代烧尽了自己。

毕再遇的故事此后渐渐不为人所知，像是一种宿命。布罗茨基写过这样两句诗：“在一个二流的时代里 / 我是一个忠诚的二流臣民。”个人的遭际和时代的关系大抵如此。南宋苟全于一隅，毕再遇的武功就会被忽视。当我们去读这一段历史时，仿佛黑大虫还在虚空中高蹈。

周密在他的另一本书《武林旧事》中说：“西溪路毕宫师墓，毕再遇父子皆葬于此。”也就是说，杭州城西的西溪路上有毕再遇的墓地。但我查了很多的资料，不知所终。我每每从西溪路上路过，多次不自觉地想起毕再遇的故事和那匹叫作黑大虫的马。

这大概就是时间的灰烬了。

附录：

毕将军马

没有战场的马算是什么？它
听到了鼓声，它听到了呐喊
它要挣脱出那身体里的缰绳
它把风当作一个空心的骑士
那么铠甲坚硬而甲胄响叮当
那么无限山水缩小于马蹄铁
方寸间所包裹着昂扬与萎靡
那是一步后退中的崎岖奋进
那是抚摸之手在虚无中枯萎
吆喝声里的蜜算得了什么？

厮杀阵阵间矫若游龙似闪电
它的风景展现于进退之间?
血液汹涌流动在身体的河道
但旋律在那奔腾中战栗如花
拒绝吧，佝偻到自己的肉里
拒绝成为那懒散中的空镜子
如果它照见一座狂野的战场
马鬃上披散的黑挽留这尘世
呵，并不值得用全身去飞扬
直到它把那战场埋葬于长鸣

2020-2-17

五湖却共繁华老

——闲读历史之陈亮

离乱从头说。爱吾民、金缯不爱，蔓藤累葛。壮气尽消人脆好，冠盖阴山观雪。亏杀我、一星星发。涕出女吴成倒转，问鲁为齐弱何年月。丘也幸，由之瑟。

斩新换出旗麾别。把当时、一椿大义，拆开收合。据地一呼吾往矣，万里摇肢动骨。这话霸、又成痴绝。天地洪炉谁扇鞲，算於中、安得长坚铁。淝水破，关东裂。

——陈亮

一

“生而有光芒”，这是《宋史》对陈亮极尽美誉的描述，和他的死之黯然有着云泥之别。年轻时，读到陈亮之死时总觉得有些不值得。陈亮怀着一个家国的梦想，过了天命之年后才因为意外而被点为状元，而后在不到一年的时间里，大约是大喜大悲带来的影响，陈亮旋即脑出血辞世，时年五十一岁（1143—1194）。

联想到他初识辛弃疾时的豪放举止，这简直就是两个人。那个时候，三十五岁的他读到稼轩的诗词，听闻稼轩的逸事，在吕祖谦的介绍下，决定去结识稼轩。辛弃疾当时应该是住在西湖边上的一个农庄。到农庄要过一座小桥，也许是下雪导致了板桥霜结，陈亮胯下的马有灵性，有灵性的动物胆小，就是不肯过桥。

陈亮三次提缰让马跃桥，而马三次望桥退却，仿佛桥上站着一个魔鬼。这个时候，陈亮表现得足够大丈夫，足够让我们在想象中走入江湖的壮丽。他下马拔剑，挥斩马首，在马首尚未落地的瞬间，陈亮轻推庞大的马身，徒步上桥。这个场景用电影的镜头去渲染才能美轮美奂，文字的表达只能借助于我们想象的翅膀。

陈亮的力气是足够大的，应该也学过剑术，否则不可能一剑斩落马头，又能够推倒马身。读到这一段的时候，可以闭眼想象一下马血喷涌时的灿烂。雪花飘扬中，马血如注，马身尚岿然不动，血铺陈到泥土和白雪之上，流淌向河道……

马身轰然扑地之时，陈亮的面庞在风雪中呈现，落到了彼岸正倚窗看雪的辛弃疾的眼里。与我们一般的认知有所不同的是，在人设上，历史上的辛弃疾其实颇多为人所诟病之处，诸如好色如命等。陈亮和他结交多年后还有一出夜奔的戏码，可以看出两个后世闻名遐迩的人物的生活态度非常值得深究，我们后面再说。

当时的辛弃疾属于蛰伏状态，在江西、湖北、湖南等地任地方官，负责治理荒政，整顿治安。朝堂之上说是重视他的治国之才，实际是让他退居二线，远离边境。作为一心北望的主战派，辛弃疾内心的郁闷可以想见。

漫天风雪中，两条大汉一见倾心，并由此开始了文学史上为人所津津乐道的友谊。这友谊在他们漫长的有生之年看上去牢不可破，但实际上暗中密布险滩和荆棘，这主要是人性使然。

这个惊艳的出场是陈亮展示给辛弃疾的，源于他性格中那暴烈的一面，也可能是他出身的缘故，我们且慢慢道来。

1143 年 10 月 16 日，也就是宋高宗绍兴十三年九月七日，陈亮出生于浙江永康前黄龙窟一个没落的士人家庭。他自己说："陈氏以财豪于乡，旧矣，首五世而子孙散落，往往失其所庇依。"陈亮的曾祖父陈知元在宋徽宗宣和年间"以武弁赴京守御"，随大将刘元庆死于抗金战斗之中。陈亮出生的时候他母亲才十四岁。尽管当时普遍早婚，但十四岁当母亲显然力不能及，所以他大抵是由爷爷奶奶带大的。

这种隔代抚养无疑会是宠溺的，但好处是孩子的自信会完全培养出来，按照记载陈亮早早显示露了"聪颖精明，才华横溢和志量非凡"。不过这些也是老生常谈，我们在史书上看到那些杰出人物的童年描述大抵如此。

到了陈亮十八岁的时候，他的一部著述引起了人们的赞叹，也给自己带来了伯乐。《酌古论》二十篇中，他论述了十九位历史人物的用兵成败。这在有些人看来也许完全是纸上谈兵，但有人看到后非常赏识，比如当时的婺州郡守周葵。

周葵并不是一个糊涂官，而是非常有个性。别人当官是左右逢源长袖善舞，他当官是左右不逢源，而且也并非孤臣，因为他连皇帝也不买账。仕途起于宣和六年的进士出身，南迁后被高宗授予监察御史，上任仅两个月，就上书三十道奏章，其中二十条批评朝廷办事不当，直责宰相不负责任。

这样的人，从性格上去分析当是鹰派人物，但他不是。当张浚等力主派兵北伐收复失地时，周葵连上三道奏章，阐明利弊关系，说，“在存亡之时，一定要考虑国家安危”，“条件不成熟，切不能轻易出征”。在主战派秉政之际，他被贬职为司农少卿，以直秘阁调任信州（今江西上饶）知州。

但很多事情常常会出意外，还没等到周葵去上任，秦桧任宰相了。秦桧此时也需要帮手，觉得周葵是自己人，想利用他，于是转授周葵殿中侍御史。但周葵并不买账，他不支持当时的北伐并不代表他主和，上书又论国用、军政、士民三大弊病。由此得罪了秦桧，周葵很快被赶出了京城，此后一路都在地方上蹉跎。

这样的人物，说他看人会看走眼可能性并不大。他的青睐是真心实意的青睐，“他日国士也”，这样的推许并非口头说说。周葵想把陈亮收入其羽翼之下，并把他带入到自己浸润多年的道德性命之学的范畴，期待这青年发扬光大。

1163 年，在陈亮二十岁时，周葵任参知政事，已是南宋的最高政务长官之一。他上任后，即聘陈亮为其幕宾，授以《中庸》《大学》等书，据说“朝士白事，必指令揖亮，因得交一时豪俊，尽其议论”。

但头角峥嵘的人所看重之人，同样也是头角峥嵘。“绍兴辛巳、壬午之间，余以极论兵事，为一时明公巨臣之所许，而反授《中庸》《大学》之旨，余不能识也，而复以古文自诡于时，道德性命之学亦渐开矣。”这是陈亮的原话，有这样一个思想的指引，空谈心性的道德性命之学怎么可能束缚住他呢？周葵为他设计的是当时的名士之路，也就是谋身之路。陈亮要走的却是谋国之路。再后来，陈亮所写的《英豪录》和《中兴遗传》两部著作，同样是想从历史的经验教训中找到帝国的中兴之路。

但这个时候，陈亮还不懂得人心无法一模一样的复制，他所搭建的只是空中楼阁：纵然华美光彩，却并没有完成的可能。这就像叶绍翁在《四朝闻见录》中所记载的陈亮年轻时的一段轶事。“（陈亮）尝视钱塘，喟然而叹曰：‘城可灌尔。’奏书孝宗，请移都建康，且建行宫于武昌，以用荆襄，以制中原。上韪其议，使宰相王淮召至都省，问下手处。陈与考亭先生游，王素不喜考亭，并陈而嫉之。……翌日，上问以亮所欲言者，王对曰：‘秀才说话耳！’上方鄙远俗儒，遂不复召见。”

这轶事实际上展示的是当时官场的一种潜规则，但陈亮是不会懂得的，或不屑于懂。以陈亮的性格，他最终离开了周葵，好像也没有记载是不欢而散。但从年轻人的角度而言，他没有成为老一代人所想塑造的人，也没有走上老一代人为他所规划的路，他想成为他自己。

二

岁月的消磨会证明陈亮的那些中兴之望只是一厢情愿。从个人命运而言，好的起点不一定有好的结束，甚至连过程也是坎坷颠沛。

到了 1168 年，陈亮二十四岁，还在延续他一贯的人设，“首贡于乡，旋入太学”。按照正常的途径，他的人生之路是可以期望的，但首先得低调和务实。低调可以让这个社会容纳他，务实可以让人们看见他的能力。这个年龄的陈亮犹如一柄刚刚出鞘的利剑，是不懂得掩饰光芒的。

第二年，时局缓和，朝廷与金议和。这本来是上层建筑之间的事，陈亮偏偏要以布衣之身连上五疏（《中兴五论》），认为议和是外交政策上的失误。但庙堂之高，怎么能够听得进蚁民的微弱之音，哪怕这声音里充满了真知灼见？

他的言行没有激荡起一点涟漪，反而为自己树立了一种不好的公众形象。他就是一个夸夸其谈大言不惭的书生。

之后的十年，多少有点心灰意冷的陈亮回乡讲学教书。在他的故里永康，还有一位本朝太宗时登进士的名人胡则（963—1039），被百姓称为“胡公大帝”。他在仁宗景祐元年以兵部侍郎致仕，在政治上力主宽刑薄赋，兴革使民，勤政廉政。到1162年，高宗应百姓之请求，用“赫灵”两字作为胡公的庙额。这个在乡里被神化了的人物，不知道陈亮是否把他作为人生的目标。但内心受到的折射之光是可以想见的，文人的家国情怀大抵如此：盛世时勤政爱民，乱世中了却君王事。

在有意无意之间，命运和陈亮开了个小小的玩笑，也许是一种暗示。在这十年中，陈亮参加了两次科举考试，都未得中。

他自己估计也是茫然若失，命运一定在哪里出了岔子，但只能以道不在我强颜欢笑。

陈亮应该学会了沉默，但偏偏要以天下为己任。到了1178年，这个屡试不第的才子又连续上三书。要说宋时的帝王，气量和格局都不小，但大都生在了错的时间。像宋孝宗，他的见识和血性换在其他的时代会有一番作为。但在赵构虚弱顽固的阴影下，他的志气同样日渐消磨，而内心的洪流总还在寻找宣泄之地。

陈亮上书之时，也许是言辞中的慷慨激昂打动了孝宗，也许是孝宗早已对偏居一隅，空言性命的社会风气怀有倦怠，他把陈亮作为一个榜样，或者说是马骨，想擢用之。

本来这是两全其美的好事，却被孝宗潜邸旧人曾觌意外扰乱。我们今天可以看到，曾觌流传于世的诗词清丽柔靡，但他官声恶劣。作为天子近臣，曾觌知道了孝宗对陈亮的青睐，大概想先把陈亮笼络到个人的羽翼之下，希望陈亮成为自己的党羽或者是官场的援助。这想法又让陈亮预先得知了，结果陈亮在道不同不相为谋的指引下，迅速翻墙远遁。

我们可以脑补一下当时的场景，陈亮的一生从这个时候开始，不是身陷牢狱，就是处于莫名其妙的逃亡之旅。我常常把他想象成堂·吉诃德，他的人生是一种偏移。

如果是一个具有生存智慧的智者，或者是再经过若干年人生经历之后的陈亮，他会不会和曾觌虚与委蛇，并由此登上仕途？从陈亮的性格来看，很难，骨子里他是骄傲的，很难有看得上的人物，正如他在《水调歌头·癸卯九月十五日寿朱元晦》中所叙述："人物从来少，篱菊为谁黄。去年今日，倚楼还是听行藏。未觉霜风无赖，好在月华如水，心事楚天长。讲论参洙泗，杯酒到虞唐。　人未醉，歌宛转，兴悠扬。太平胸次，笑他磊块欲成狂。且向武夷深处，坐对云烟开敛，逸思如微茫。我欲为君寿，何许得新腔。"

这样一个理想国的状态是不存在的，尤其不会存在一个个体所向往的理想国。它只会对你狠狠一击，比如一走了之的陈亮，人走了，但奏疏还在，被孝宗作为榜样示之于众。这自然让一些人恨之如眼中钉。在陈亮回到永康不久，有人（也可能是安排的）向刑部控告了他。刑部侍郎何澹以"言涉犯上"之罪，逮捕陈亮，并施以酷刑，"笞亮无完肤"。

这何澹，在后世有一个很响亮的名头，被称为世界香菇文化之父。因为他是龙泉人，修撰的《龙泉县志》中记载了生产香菇的"砍花法"和"惊蕈术"，客观上推动了香菇发展。

在龙泉老家，何澹更有乡贤之实，到1205年，他奏请朝廷调兵三千人，疏浚处州通济堰，将木坝改为石坝；修筑保定村洪塘，蓄水灌溉两千余亩。何澹的诗词也极好，比如《鹧鸪天·绕花台》："庾岭移来傍桂业。绕花安敢望凌风。癯儒合作孤芳伴，四面相看一笑同。冰照座，玉横空。雪花零落暗香中。有人醉倚阑干畔，付与江南老画工。"

还是在《四朝闻见录》里，有两人之间罅隙的描述。"（陈亮）与邑之狂生甲，命妓饮于萧寺，目妓为妃。旁有客曰乙，欲陷陈罪，则谓甲曰：'既册妃矣，孰为相？'甲谓乙曰：'陈亮为左。'乙又谓甲曰：'何以处我？'曰：'尔为右。吾用二相，大事济矣。'乙遂请甲位于僧之高座，二相奏事讫，降阶拜，甲穆然端委而受。妃遂捧觞歌《降黄龙》为寿，妃与二相俱以次呼万岁，盖戏也。先是亮试南宫，何澹校其文而黜之。亮不能平，遍语朝之故旧曰：'亮老矣，反为小子所辱。'澹闻而衔亮，未有间。时为吏部侍郎，乙探知其事，遂不复告之县若州亟走刑部上首状。澹即缴状以奏，事下廷尉，刑部属也，笞亮无全肤，诬服为不轨。"

有些恩怨隔着遥远的时间，我们只能雾里看花，起源仿佛是因为陈亮少年心性时的"大嘴巴"。人与人之间关系的复杂性远非局外人所能看清，而人性的复杂性恐怕是身在其中都难以明悟。单纯看一个人的时候，我们都能够赞美颂扬他的德行和才华，放在一起时，我们会惊叹：这两个高尚的人怎么相互间有着这样的龃龉！

好在孝宗没有忘记这个位卑不敢忘忧国的书生。他在九天之上知悉陈亮的遭遇后，轻描淡写地说了句话："秀才醉了，胡说乱道，何罪之有？"

下诏免死，但也仅仅是免死，身在皇帝这个位置，并不能随心所欲。

陈亮终于回乡，家里又出事了，家仆杀人，被害者控告是陈亮指使。是与非我们现在无从知晓。但先是陈亮的父亲被囚州狱，之后他本人也被下大理狱。在陈亮的履历中，有多次因为家童杀人而致他入狱的记载。但有的记载中，陈亮二十八岁这一年并未入狱，而是其父亲入狱。陈亮因为家仆杀人是在1184年他四十二岁这一年，因将胡椒粉放在羹中，被人诬药死其父，入狱。在辛弃疾、罗点等人大力援救下陈亮出狱。到1190年，陈亮四十八岁时，家童吕兴、何甘误伤人性命。死者家属诬告陈亮指使，他再次下狱。这时他的父亲早已过世多年。

也许是后人在远眺陈亮的人生时，把几次因家童杀人而遭遇牢狱之灾的事件混淆在了一起，包括在《四朝闻见录》这本成书时间并不远的记录里。但这些并不妨碍我们去勾勒陈亮性格中的晦暗部分。用时乖命蹇去解释陈亮的遭际已不足够。从我的个人视角去看，在陈亮的性格中，一定有他与社会非常背离的一面。这把他一次次推向万劫不复之地。但深渊每每凝视他时，他不只是有凝视深渊的勇气，还有另外一种把他拉离深渊的力量。

这是一种非常有趣的人生观察，与陈亮或为友或为敌的都是一时俊彦。后面我们还会看到在中国文化中烙印至深的朱熹，两人时友时敌（学术上），成就了各自在哲学上的事业。

如果去读陈亮的年谱，我们会发现这是一个被诅咒的人物或是被上天选中的人物。我把这样一个闻名遐迩的人物当作一个样本解读时，不会去叙述他人生的细节，我感兴趣的是他的精神状态，犹如被囚于时间枷锁之中，他的人生被提前设定了。

陈亮每每想挣脱这种命运的羁绊，却往往被一种神秘的力量所牵扯，正如他自己在《念奴娇·送戴少望参选》中这样写："西风带暑，又还是、长途利牵名役。我已无心，君因甚，更把青衫为客。邂逅卑飞，几时高举，不露真消息。大家行处，到头须管行得。何处寻取狂徒，可能著意，更问渠侬骨。天上人间，最好是、闹里一般岑寂。瀛海无波，玉堂有路，稳著青霄翼。归来何事，眼光依旧生碧。"

仔细去体味一下这阕词中的感慨，也许就能理解他当年的境遇了。

三

让我们把时间回到那个大雪纷飞的冬日，在陈亮和辛弃疾初次相遇的那天，陈亮挥剑斩马，尽管有着武侠世界里的豪爽，但依然让人产生些微的不舒服。我查找这个让自己不舒服的由来，后来找到了其间的逻辑。这马是陈亮用以日常代步的，而我们知道，马会和主人产生一定的情感。陈亮如此决然一剑断首，让我看到他天性中的粗暴和荒诞，这也为他最终的猝死埋下了伏笔。

就此以后，陈亮结识了辛弃疾，相同的政治主张，相似的仕途经历，同样的文学爱好，使二人一见如故，相见恨晚。二人之间，多有诗词唱和酬答，从一个侧面可以证明两人的友情。一次陈亮拜访辛弃疾后，二人畅谈数天，辛弃疾兴奋不已，写下了一首《贺新郎》。

把酒长亭说，看渊明，风流酷似，卧龙诸葛。何处飞来林间鹊，蹙踏松梢微雪。要破帽、多添华发。剩水残山无态度，被疏梅、料理成风月。两三雁，也萧瑟。

佳人重约还轻别。怅清江，天寒不渡，水深冰合。路断车轮生四角，此地行人销骨。问谁使、君来愁绝。铸就而今相思错，料当初、费尽人间铁。长夜笛，莫吹裂。

辛弃疾在这首词中对陈亮的推许之言溢于言表。陈亮读后会是什么感觉？如果有人这样写给我，那就是高山流水，伯牙和钟子期，尤其陈亮还深陷于人生困顿中。

当时读罢，陈亮有没有眼眶湿润我们不知道。但他立即用辛词的原韵，作了一首《贺新郎》。

老去凭谁说？看几番、神奇臭腐，夏裘冬葛。父老长安今余几，后死无仇可雪，犹未燥、当时生发！二十五弦多少恨，算世间、那有平分月！胡妇弄，汉宫瑟。

树犹如此堪重别！只使君、从来与我，话头多合。行矣置之无足问，谁换妍皮痴骨？但莫使、伯牙弦绝。九转丹砂牢拾取，管精金、只是寻常铁。龙共虎，应声裂。

龙虎相从，这两阕词，无不表明他们有相近的志向和共同的追求，并且两人相互赞赏。按后世的话说，就是三观一致。

陈亮在历史上成就终究来自他战斗的一生，是性格成就了他，也是性格让他遭受磨难，让他砥砺前行。即使潜伏于永康之际，他的名声依然响动于云天。当时的一些大儒，如吕祖谦在 1181 年上门访问，并在寿山石洞展开激辩。朱熹当年秋 9 月任浙东常平茶盐公事，过永康时访问陈亮，互究所学。转过年，到 1182 年，两人又再次在永康辩难。

朱熹和陈亮的这两次会晤，就像是一个序曲。到了 1184 年，也就是陈亮第一次牢狱之灾出来后的秋天，陈亮访朱熹于武夷精舍，并由此引发陈朱关于“王霸义利”的笔战。

此时，朱熹已经成为海内众望所归的大儒。他在武夷山建精舍，聚徒讲学，其学术地位为世人所瞩目，而陈亮却是在人生的低谷。

这场学术之争在众多同道人的推波助澜下，持续发酵，一直延续到 1186 年，也延续到以后的很多年，成为一种哲学分歧。

对后世而言，“王霸义利之辩”中所得出的两条路，是大多数文化人的选择之路。要么走朱熹的路，从儒学的角度出发，注重个体道德的觉醒，把道德自律、意志结构、人的社会责任感、历史使命感和人优于自然等方面提升到本体论的高度，从动机入手，但这种哲理有其天生的缺陷。要么走陈亮的路，关注社会现实政治事务，追求世人利益的增进。换句话说，就是从效果入手，功利主义思想明确，代表了一种主流话语之外的尝试与突破，是对传统儒学价值判断的一种反叛或纠正。浙东事功派的功利之学大抵起源于此，对后世中国的影响足够深远。但在当时，它所引发的只能是百家之学中的微澜。后来的王阳明、黄宗羲等人，都和“王霸义利之辩”有着千丝万缕的关系。

当时人们的选择似乎更倾向于朱熹的主张。也许，陈亮揭开了某种真相：我们都想做一个道德高尚的人，尽管很多时候自己都不一定相信自己。

这样的辩论，两个人是谁也无法说服谁的。就像我们在日常生活中常常所遭遇到的一样，三观不同，导致所看见的世界有着不同的形状。君子坦荡荡，小人长戚戚，多半就是这个原因。

陈亮对这世界的认知，包括他与朱熹、吕祖谦等人辩难的哲学基础，应该建立在他自幼所受的教育和当时的社会环境之上。从大而化之的概念上来说，他和朱熹等人受到的教育是一致的。但为什么会衍生出两条截然不同的路，就像弗罗斯特那首著名的《林中小路》一样？这种选择有它的偶然性，也有其必然的因素。在陈亮的内心，他对时局的焦虑和偏执远超朱熹等人，而加上命运对他的戏弄，在巨大的名声和潦倒的境遇之间，他难免会有心理落差。

正如和同时代友人相处，和辛弃疾交往陈亮便显得热烈，和其他人交往则显寡淡。

四

这是时代中失意的两个人，即使在后世有着常人难以企及的名望。有时候在读史时，我会不由自主地假设，他们知道自己在历史中的流传吗？也许是心知肚明的，起码不会籍籍无名，雪泥鸿爪是一定留下的，会不会成为传奇需要命运的眷顾。

> 老大那堪说。似而今、元龙臭味，孟公瓜葛。我病君来高歌饮，惊散楼头飞雪。笑富贵、千钧如发。硬语盘空谁来听？记当时、只有西窗月。重进酒，换鸣瑟。
>
> 事无两样人心别。问渠侬、神州毕竟，几番离合？汗血盐车无人顾，千里空收骏骨。正目断、关河路绝。我最怜君中宵舞，道男儿到死心如铁。看试手，补天裂。

和这首《贺新郎》一样，辛弃疾流传最广的几首词大抵是写给陈亮的。或许共同的理念让他们相互慰藉，得以抵抗那种随时间而来的一无所成所带来的沮丧和空虚。也许在辛弃疾看来，陈亮比自己年轻，生活中看起来也十分自律，不像自己声色犬马，他也许希望陈亮能够实现他们的共同抱负。

1188年冬天，辛弃疾抱恙，其时他在与上饶接壤的铅山县境内的期思渡修建了一座别墅，取附近一清泉名为飘泉。飘泉附近是一座连绵百多里的名山，主峰上有鹅湖，山下有座寺院就叫鹅湖寺。朱熹、吕祖谦、陆九龄、陆九渊等曾在这寺院里辩论过哲学方面的问题，是学术史上有名的胜地。

陈亮去看辛弃疾了，和他们相识之初一样，同样是雪花飘扬的日子。两人在鹅湖把臂同游十日，这便是文坛著名的鹅湖之会，你来我往的数阕《贺新郎》是一个见证。据说在陈亮告别之后，辛弃疾怅然若失，还驱马追赶，可见两人情谊之深。

但后来却发生了一件有趣的事，见于宋人赵溍的《养疴漫笔》。"酒酣，稼轩言南北之利害，南之可并北者，如此。北之可并南者，如此。且言钱塘非帝王居，断牛头之山，天下无援兵；决西湖之水，满城皆鱼鳖。饮罢，宿同甫于斋中。同甫夜思稼轩沉重寡言，醒必思其误，将杀我以灭口，遂盗其骏马而逃。月余，同甫致书稼轩，假十万缗以济贫，稼轩如数与之。"

这说的是陈亮去拜访辛弃疾，两人喝得酒酣耳热，畅谈国事。辛弃疾毫无顾忌地议论南宋与金国的各种利害关系，指出南宋可以征服金国恢复中原需要的条件，并认为临安不宜作为帝王的首都。因为它地势比西湖低，如果决西湖水灌城，满城都将成为鱼鳖。临安的位置也不好，截断牛头山，天下援兵就无法到达临安。这些认知，事实上也是陈亮所以为的，但当时都是官场大忌，传出去那就是死罪。当天晚上，陈亮半夜醒来，月色素白，有一种不真实的感觉。他想起辛弃疾平日谨言慎行，这次喝多了酒说了这么多不合时宜的话，等到明天酒醒后想起此事，认为我抓住了他的把柄，那就很可能杀人灭口。

想到这里，陈亮当即起床，骑上马就逃走了。

陈亮此时大概刚刚从第二次牢狱之灾中脱身，犹如惊弓之鸟，或者心理上已是杯弓蛇影，甚至对好友也不信任。他很聪明地写信给辛弃疾，敲诈十万缗以示自己别无他意。

我不知道辛弃疾看到这样一封信会怎么想，或者是哭笑不得，或者会为好友终于融入了那个厚黑世界而欣喜。

在给陈亮十万缗的同时，辛弃疾写下《破阵子·为陈同甫赋壮语以寄之》同时寄给陈亮。“醉里挑灯看剑，梦回吹角连营。八百里分麾下炙，五十弦翻塞外声，沙场点秋兵。　马作的卢飞快，弓如霹雳弦惊。了却君王天下事，赢得生前身后名，可怜白发生。”

这首词我们就不多说了，它太有名，其灿烂和壮阔是词中的极致，而它背后的故事多少让人唏嘘，我希望它只是一个虚构的故事，或者是后人演义出来的。尽管陈亮终究需要成熟，但一个堂·吉诃德般的高蹈之子，突然间落入人间凡俗的桎梏，无疑是让人不能接受的。不过这样设想一下，把陈亮的功利之学融入那个时代之后，如果能够位居高位，所产生的蝴蝶效应当不是布衣之躯所散发的光芒。

陈亮所信奉的是功利主义思想。但纵观其一生，好像只有这次与辛弃疾相关的事迹表明了他生活中的智商，这和挥剑斩马首的决绝是何等的南辕北辙。

五

1193 年，已过天命之年的陈亮决定参加平生最后一次科举考试。这是他第四次进考场,这次如果再不第,将绝足科举。当时，光宗出的作文题关于孝道，因为光宗身体上的病和心理上的病都越来越严重，经常不去向太上皇请安，搞得父子关系紧张。朝野上下就此大做文章，大多数臣子纷纷上书要求光宗按时朝拜太上皇。光宗对此十分不满，于是这年科举殿试便以这个时事热点作为题目。

考生大都是从孝道角度出发，给出肯定答案。崇尚务实的陈亮从本心出发，这样回答：一年四次朝拜太上皇不过是做给别人看的，皇帝关键是把天下治理好，收复失地，是否朝拜已退休的前任并不重要。

这个答案让光宗正中下怀，好像是专门为自己辩护的。于是光宗钦点陈亮成了新科状元，并授封为建康军签判。不料乐极生悲，陈亮在去赴任之前准备回乡一趟，途中意外中风后病逝。从现在去看，这是心血管有问题的人在大悲大喜后带来的病症。

辛弃疾闻讯，长歌当哭，作文哭友说：“呜呼，人才之难，自古而然。匪难其人，抑难其天。”

只有信笺上那阕《水调歌头·和赵周锡》在风吹过后，依然饱含着陈亮的惆怅和抱负。辛弃疾抚纸良久，化作一声喟叹：“事业随人品，今古几麾旌？向来谋国，万事尽出汝书生。安识鲲鹏变化，九万里风在下，如许上南溟。斥鷃旁边笑，河汉一头倾。　　叹世间，多少恨，几时平。霸图消歇，大家创见又成惊。邂逅汉家龙种，正尔乌纱白纻，驰骛觉身轻。樽酒从渠说，双眼为谁明？”

许多人终究不能活成自己想要的模样，像是从身体里长出了另外一个人，而我们用那个长出来的人的事迹去为他盖棺论定。大地上的风，就这样一直吹来吹去。

无边落木萧萧下

——闲读历史之陈文龙

老大那堪说。似而今、元龙臭味，孟公瓜葛。我病君来高歌饮，惊散楼头飞雪。笑富贵、千钧如发。硬语盘空谁来听？记当时、只有西窗月。重进酒，换鸣瑟。

事无两样人心别。问渠侬、神州毕竟，几番离合？汗血盐车无人顾，千里空收骏骨。正目断、关河路绝。我最怜君中宵舞，道男儿到死心如铁。看试手，补天裂。

——辛弃疾

一

陈文龙是一个在民间几近于被湮没的人物，尽管目前已有他的研究会，但也只有少数的研究者。数年前，我在福州，看到过他的塑像，是在主祀他的尚书庙里。这个庙实际上是道观，又名敕封水部尚书庙。当时觉得奇怪，还有水部尚书这个官衔？查了一下资料，说陈文龙为南宋后期状元，福建莆田人，与文天祥同时代，生前并未担任过与尚书相关的职务，水部尚书民间传说为天帝所封。有史可查的是明代崇祯和清代康熙、乾隆年间，曾三次敕封陈文龙为水部尚书和加封镇海王。

原来是这么一回事，我仿佛懂了。也正是从这时开始，开始关注史料上陈文龙的一些细节。我的关注，可能更多的是因为他曾经生活在我现在生活的城市：杭州。

那么，在杭州为什么极少听到他的故事呢？从史料上去看，陈文龙在当年的地位和重要性并不亚于文天祥，但后世的声名却相差许多。时间像一个魔术师，总是把它的一部分改头换面，而我们并不知晓，还以为这就是它的本来面目。

就像陈文龙的塑像，不过是后世之人所想象出来的文官标准像，换一个名字其实也可以。

所有的故事从一首大家耳熟能详的诗歌开始。“山外青山楼外楼，西湖歌舞几时休？暖风熏得游人醉，直把杭州作汴州。”

林升的这首诗是一个特定时代的写照。“泥马渡康王”后，宋朝的国祚又延续了一百五十余年。很奇怪，这个偏安于江南的政府从来不缺乏人才，也一直不缺少热血男儿的慷慨激昂。

这或许是一个悖论。赵匡胤在陈桥兵变中黄袍加身。作为一个军阀，他当然知道“枪杆子里出政权”的道理，所以宋立国以后重文轻武。但那个年代的文人，却有着后人很难企及的壮怀激烈，比如南宋初年的岳飞，南宋末年的陈文龙。而在岳飞、陈文龙之间,同样有很多斑斓的身影,比如写出“道男儿到死心如铁”的辛弃疾。

陈文龙的命运从后世去看，有其既定的轨道：无可奈何花落去。但如果身处局中，在时代的变局和动荡中，他们并不知晓自身的前程和命运，唯有以一腔热血去荐轩辕。

如果知道了命运，陈文龙他们又会有何种选择？这种假设其实并不存在，和陈文龙同时代的文天祥已经做了很好的回答。大时代下的个人悲剧自有可悯之处，但并无过多能够惋惜的地方:覆巢之下焉有完卵!

岳飞、陈文龙……这些人都曾经生活在杭州，或许这是后世“杭铁头”的由来。杭州，并不是一座只有暖风吹拂的城市。

二

一门百指沦胥尽，惟有丹衷天地知。

这是陈文龙被囚禁后写给自己次子的诗中的一句，全诗《元兵俘至合沙，诗寄仲子》录在这里。“斗垒孤危势不支，书生守志定难移。自经沟渎非吾事，臣死封疆是此时。须信累囚堪衅鼓，未闻烈士竖降旗。一门百指沦胥尽，惟有丹衷天地知。”之后他的皮囊很快在时代滚滚的大潮中被齑碎。在多年以后的杭州，陈文龙的精神仿佛也已经消散，知晓陈文龙这个名字的人并不多了。倒是在陈文龙的出生地福建，他有着虚幻的荣光。

杭州的陈文龙墓其实还在，就在北山路葛岭张静江故居附近。“宋参知政事陈忠肃公墓”是作为保护文物的存在，但人迹寥落。很难想象到了清朝光绪年间，此地尚有陈的祠堂废墟。杭州地方史的研究专家曹晓波老师，在探访陈文龙墓后有这样的疑惑：“1933 年，浙江省府主席张静江买下墓冢西侧土地，建别墅、扩墅院，致使陈的陵园狭窄，偏处一隅。张静江也算一代精英，谙熟国学，他为何对史册上拥有一席之位的英灵如此等闲视之？”

曹老师的疑问同样也是我的困惑，但人心不可测度。在张静江那里，当时可能巴不得把墓平了，别墅在墓地之侧，于风水或许有碍。陈文龙墓地的逼仄有一种现实的意义。从另外一个角度去看，作为当时风云人物的张静江，没有把墓地迁移或直接毁去，这已经足够显示他的文化素养了。

2018 年，杭州举办过“陈文龙与杭州”的第一届学术研讨会。这当然好，但从根本上去改变人们的认知却很困难，也几乎不现实，就像陈文龙生前的尴尬人生。声名的传播是一件非常奇妙的事，就像现在很多人把金庸笔下的郭靖和黄蓉当作是历史人物一样。

陈文龙在福建的知名度，很大程度上应该得益于明太祖朱元璋。明初，朝廷下令访求民间应祀神祇，“凡有功国家及惠爱在民者，着于祀典，令有司岁时致祭”。在上报的名单中，出于统治的需要，文天祥和陈文龙这两位南宋末年的状元朱元璋特别看重。

当时，在福建境内建有“历代奉旨祀典”陈庙十余座。

从朱元璋的视野去看，文天祥和陈文龙是两面可以拿来用的大旗。这种榜样对一个朝代的教化和巩固很有用，所谓微言大义大抵如此。但对陈文龙的神化，却是到了乾隆年间才到高潮，镇海王的头衔就是那个时候来的。明和清的历史我们都知道，吊诡的就是两朝对陈文龙的使用如出一辙。但陈的血液中的刚猛却被自然忽略了，正如崖山之后，人性的低伏成为一种姿态。

在明清时期，每三年科举后，历朝皇帝都委派新科状元率册封团赴琉球（今冲绳）等地册封当地官员。册封团在海上行船为祈求平安，将陈文龙立于船中祭拜。由此，就有了“官船拜陈文龙，民船拜妈祖”之说。

作为一种余韵，到了1919年，思想家严复发起又一次对陈文龙庙的重修，严复亲自撰写《重建尚书祖庙募缘启事》，福建督军李厚基、省长萨镇冰、前清福州知府叶大庄等都有善捐。严复为祖庙题写镌刻了三副石柱联。其中大殿正门的草书联为“十万家饭美鱼香，惟神之助；百余乡风清魔伏，为民所依”。他还赋诗“天水亡来六百年，精灵犹得接前贤。而今庙貌重新了，帐里英风总肃然”。

“百余乡风清魔伏”，我无从揣测严复的想法，读到此，却有些莞尔，陈文龙的尚书和王的封号都是乾隆他们封的，这是“师夷长技以制夷”吗？大有以彼之道还之彼身的风范。

严复是思想家，他对人性的洞悉早已入骨，这对联，或许是他对历史的一种淡淡的揶揄和幽默的调侃。

三

海山仙子国，邂逅寄孤蓬。万象画图里，千崖玉界中。风摇春浪软，礁激暮潮雄。云气东南密，龙腾上碧空。

当年文天祥第一次被俘逃脱后，从海路出发寻找抗元力量，过今天的浙江象山县涂茨镇乱礁洋时，写下了上面这首诗，其时，南宋一息尚存。文天祥此后被捕，又写下了那首著名的《过零丁洋》。

我从涂茨镇的最高处远眺乱礁洋时，天地辽阔，远处的阳光透过云层打在海面上，气象万千。这是我刚从福州回来后的一周，很自然地就想到了陈文龙。涂茨镇山巅的风力发电机旋转着，像是一个个孤独的巨人。在南宋那个风雨飘摇的时节，陈文龙也好，文天祥也罢，他们被时代的洪流裹挟着就像堂·吉诃德挑战风车，当他们知道堂·吉诃德的典故时，不知道会不会感到悲哀。

那个时候，他们只是一团燃烧着的火。

作为同时代的悲情人物，文天祥和陈文龙有相似之处，比如都是状元。虽然他们带兵，但不是武状元，都是东华门外唱名的状元公。但从家世去看，陈文龙显然更胜一筹。其曾祖父陈俊卿是 1138 年的榜眼，后官至左丞相，封魏国公，赠太师，成为与李纲齐名的南宋名相。“濡染先训”的陈文龙二十五岁时书法已称誉一时，甚至他的名字，都是度宗皇帝在殿试点状元后，把陈子龙改为陈文龙的。

那么后世为什么文天祥的声名要比陈文龙高出许多？有一种说法是因为陈文龙的诗文流传后世数量太少。这个说法其实颇为勉强，诗文流传下来数量少的名人很多，没有诗文流传的名人同样有很多。

我个人更加倾向于认为，在历史的大叙事里，陈文龙的独特性不够。历史很残酷，很多人名被历史的幽暗之风吹着吹着就没了，反而是一些虚无缥缈的人物变成了真的。比如说，发生在陈文龙这个时代的射雕英雄的故事。

这和清朝时当政者频频追封陈文龙是一个道理。如果有灵魂的存在，陈文龙的灵魂会接受乾隆给予的那种头衔吗？历史不能假设，当我们凝视历史时，也会有重重迷雾。

比如说有名的蟋蟀宰相贾似道，在历史上，他真的那么无能吗？我们所能知道的庙堂之上的倾轧和蝇营狗苟，自然是一种必不可少的标配，但个人的才华和能力也是一个人能够立足于这种潮流的根本。

需要提一句的是，在历史的时间向度上，贾似道和陈文龙同样有着很深的纠葛。贾曾是陈的恩主，对他颇多提携，一路举荐直至监察御史。在1272年，临安知府洪起畏在贾似道的授意下推行“类田法”，用劣等公田强行更换肥腴良田。陈文龙上疏，贾似道应该也是认识到了其中的弊端，此法废除。

但到了1273年，襄阳、樊城重镇在坚守六年后相继弃守，南宋危如累卵。造成如此局面的，正是贾似道的女婿、守将范文虎。但贾似道对范文虎只作降职一级、出任安庆知府的处理。

陈文龙就此和贾似道分道扬镳。这次分歧所造成的伤害比较严重，但从私人关系而言，两人并无太多的矛盾，这和秦桧与岳飞的对立并不一样。之后贾似道对陈文龙的反击，更多的也是对待政敌的手段，而不是你死我活的仇恨。

四

对南宋最后的结局，陈文龙的内心其实非常清楚，要不然他不会以母老乞求归养为辞，在临安风声鹤唳之际回到故乡莆田。他的内心多半是失望的，有着无限惆怅。在《宋史·陈文龙》中有这样的记载：“既出国门，而悔之，复上疏，求还，不报，乃归。”这种左右摇摆是人性的必然，是求生和报国之间的一种彷徨。后世之人对陈文龙的这次出走颇多微词。但其实它是真实人性的写照，理想的激荡和现实的疮痍间必须的斗争。

在崇山峻岭之间，哒哒的马蹄声带着陈文龙返回故乡，他的躯体里有另外一个人一直在颠簸。

人性的矛盾和两难，终于在这样的一具血肉之躯里绽放了。1276 年 2 月，元军攻陷了南宋首都临安，宋恭宗及皇室成员被俘北去。9 月，张世杰、陆秀夫等人保护端宗从海上逃亡避难于泉州。朝廷任命陈文龙依前职充闽广宣抚使，并于兴化（莆田）开设衙门。

其时，万贯家财倾尽，陈文龙招募兵勇组成民军备战，旗帜上写的是“生为宋臣，死为宋鬼”。这个旗帜是他最后的姿态，最后但难以挽留的光泽，而被俘后所写下的《复元将唆都书》，迄今仍为大学课文。

历史的进程不以个人的意志为转移。从我们现在的角度去看，宋之覆没是命定的。一方面是由于自身鼎立之时的孱弱。皇与士大夫共治天下，以文御武，气场并不能一致，而且隔行如隔山，文字写得锦绣并不能代表胸中沟壑的深浅。另外一方面是一种“既生瑜何生亮”的悲哀。游牧民族的铁骑雄风，在当时达到了冷兵器时代的巅峰，纵横欧亚大陆，还真不是陈文龙或文天祥所能阻挡的。

但这种时刻尤其能看出一个人的品格。宋养士多年，优渥有加，而士也以身相报。到了明末，士大夫阶层的品质断崖式滑坡，每每让读史人心有戚戚。

朱元璋用陈文龙这样的榜样让士子学习，想教化百姓。最后的结果却适得其反，或许，播下的是龙种，收获的却是跳蚤。

一个秋日的午后，我和友人驱车前往杭州城北，登临皋亭山。当年，元军统帅伯颜在攻破杭州之前，驻军于此，等待宋室投降。当时当政的谢太后绝对是个值得钦佩的女性，不后退，不逃跑，而和伯颜去谈判的文天祥想的是议和，而不是投降。但天地不仁，世事并不以个人意志为转移，文天祥当时被拘。

夕阳如血，身在福建的陈文龙，远眺这帝国的黄昏，犹如挽歌一曲。这一刻郎心如铁，看清了自己和时代的走向。

不久，陈文龙回到杭州，不再有状元的荣光，而是以俘虏的身份。

五

陈文龙从福建被押回杭州是枷锁加身的，当年的山道是如何蜿蜒崎岖，现在还是可以想见的。在我少年的时候，即使坐车去与福建相邻但近了许多的温州，爬坡依旧让我苦不堪言，何况当时。被俘后就开始绝食的陈文龙，居然没有死于途中，这也是小小的奇迹，但也仅此而已，曙光并不显现。

在说到陈文龙死之前，我们可以去看看当时这样的官宦人家面对困境时的态度。陈母被拘禁在福州一座尼庵中，有重病，但拒绝就医，把自己和儿子共同赴死认为是理所当然。堂弟陈用虎（弟媳朱氏在陈文龙被俘后就自缢）、其叔陈瓒都慷慨赴死。也许在当时，在这些男儿看来，死是一场无法避免的盛宴，既然不可回避，那就欣然赴宴。

也许是后人的附会，也许是真有其事，据说在陈文龙还是陈子龙时，在1256年读太学时，“累试不入格”。他的睡眠不好了，开始恍惚，有一日梦见身着锦袍金甲的岳飞对自己说，“你必死于学”。陈当时以为将在太学老死，悒悒不乐，后来状元及第后，把当时的这一梦境当然就抛置脑后了。明田汝成《西湖游览之余》卷六说，陈文龙到杭州后押在原太学，他恍然大悟，感慨：“此天数也。”

这传说的真假无人知道，民间还有一种说法更有意蕴。在1277年4月25日，陈文龙要求拜谒岳飞庙，得准许。当他进入岳庙后，哀恸悲绝，当晚死于庙中，年仅四十六岁。

这种说法大抵是一种演义，更加真实的历史应该是和陈同代的程棨在《三柳轩杂识》中所叙：“生缚之，至杭，病卒于杭之猫儿桥巷。”也就是说，陈文龙的幽禁被解除以后，他就居住在猫儿桥巷，直到病死。

死后，陈文龙被葬在西湖智果寺的翠竹园里。

人们要给他一个传奇的死法，但无论如何，陈文龙的死预示了一个时代的尾声。

在他死后五年，逃脱囚禁后继续抗元的文天祥再次被俘后被杀。在崖山的海面上，一个朝代的帝王和大臣溺水自沉，保留着依稀的尊严。

那个时候，陈文龙还没有成为神，也没有成为镇海王，他只是无数殉国者中的一个。

终于，宴席散了，伐木的声依然叮当，而江水汹涌，也许陈文龙早已梦见了自己的死。

映水兰花雨发香

——闲读历史之柴车

孤兰生幽园，众草共芜没。
虽照阳春晖，复悲高秋月。
飞霜早淅沥，绿艳恐休歇。
若无清风吹，香气为谁发。

——李白

一

想到写柴车这个人物基本上是一个意外，就和柴车这个人一样，如果去问人知道柴车吗？知道紫河车的大有人在，知道柴车的却会是极其少数。

实际上，在柴车的时代，他是一个叱咤风云的人物，至少称得上是文武双全。柴车有多牛？我们可以随便撷取一点他的事迹来说明。

柴车是永乐时候恩科中举的文官，仕途中多次带兵，并击退过来犯的瓦剌军队,在兵部尚书任上卒。明代编撰的《英宗实录》中就这样评价柴车："车，历事四朝，凡四十余年，操履清慎，中外称之。"

在现在的杭州三墩镇绕城村，村中有一个名叫螺蛳漾的小湖泊，湖面不大，形状酷似一枚螺蛳。我喜欢在秋冬时节看湖边树叶凋敝的无用之树，仿佛是一种见证，为我的寻找之旅。螺蛳漾的北岸有个叫柴家坝的自然村，村里多数是柴姓人家，他们就是柴车的后裔。

在柴家坝，流传下来有关柴车的故事很多，比如说他少年时期，就已经头角峥嵘，显示出了不凡之处。

柴车小时候家里很穷，而他父亲又游手好闲不务正业，被乡人看不起。每年柴氏家族祭祀时，他父亲都被排挤在外。有一年，正值家族祭祀，全族人都在一起聚餐，小柴车有意与族长坐在了同一桌。族长是位年老的长者，很受族人尊敬，而且又常年吃素，同桌的人吃饭时都不敢放肆。可小柴车却一会儿夹夹荤菜，一会儿又吃吃素菜，族长有些不悦，面有愠色，旁人便斥责柴车。

小柴车却不慌不忙地说："天下穷人都不能欺负富人，而富人却可任意欺负穷人。同样的道理，您吃素的不可以吃荤，可我吃荤的却能吃素啊。"族长听后，转怒为喜，连说："有道理！有道理！我们柴家将来定要出大人物了。"从此，乡人再没有看不起他家。

这个故事的真伪已不可考，就像柴车的出生之年，有作1375年的，但也有存疑的。这种情况的出现，只能归咎为柴车出生之时是渺小而静寂的，因此少有记录。

我们知道的是在1403年，明成祖朱棣开乡试恩科。当时已经三十岁取字叔舆的柴车参加了这次考试，结果中得举人。第二年被选为兵部武选司主事，官居六品，不久转任员外郎。

三十岁中科举，联想到同时代范进中举的那种悲喜剧，柴车三十岁中举当然不能说是天才型的人物，谈不上惊才绝艳，和乡间的传说并不匹配。但也算是中规中矩者了。

1410年，柴车跟从兵部尚书方宾随朱棣出征北方。这次随行似乎打开了他的上升通道。出征回来后，柴车升任江西右参议。但人的个性有他一定的向度，我们先说一个故事。一次柴车奉命去福建采伐木材，路过江西广信府（江西上饶市一带），广信知府是他的老朋友。广信知府给柴车送来一罐蜂蜜。柴车打开一看，里面却是白金。柴车坚决拒收，并笑着对广信知府说："你太不了解老朋友了。"

是广信知府不了解柴车，还是柴车不了解官场的生态？总之不久之后，柴车因事获罪，降任兵部郎中，出任岳州府知府，后又回京做郎中。

这个导致柴车获罪的事由我没查到，但应该不是太大的事，或许和他的耿直有关。从另外一个角度去看，这次仕途的坎坷对柴车是有益的，他的人生在此后一路开挂。

这里值得说一下的是，兵部尚书方宾也是钱塘人，颇受永乐大帝的宠爱。和柴车拒贿不同，他恃宠而骄，公然受贿，但方宾的结局也很悲惨。1421 年，明成祖议亲征，方宾和其他几位中枢大臣都说粮饷不足。明成祖非常愤怒，把方宾抓了起来，关在灵济宫。宫中有太监到这里进香，对方宾说皇帝非常愤怒。方宾害怕了，想一个人做事一个人当吧，自缢。但明成祖其实并没有杀方宾的打算，听到他死了，更加生气，狠狠鞭打方宾的尸体。

这说明，做一个有独立人格的人是多么重要，如果依附于别人，哪怕那个人是帝王，依附者也活得小心翼翼。

二

当我们开始追溯柴车的故事时，会发现他的出生地三墩也很有意思，现在已经是一片现代化的地方，曾经是云深不知处的所在。这和两个人物有关，尽管在史料上关于这两个人的记载语焉不详，但却是这一隅的来历。

一是治水的大禹，据说三墩的来历和他有关。当年此地大水泛滥，大禹到此治水，在午潮山顶上，大禹化土为息壤，三大堆土落到山下的大水里形成了三个大的陆地，小堆的息壤则化为小的陆地。陆地与陆地之间则是河流环绕，池塘相隔。

这地名以前就叫三堆，在宋朝的《咸淳志》和清朝的《钱塘县志》里均有记载。再后来，也许是“堆”和“墩”在这一带方言中发音相近，人们把“三堆”叫成了“三墩”。

这个传说的来历我们姑且不说。可以想见的是，这里曾经是一片泽国，沧海桑田，大抵有着这么一个轮廓。可以考证的历史表明，三墩在春秋之前尚是与杭州湾相连通的洋面，故大禹在此治水基本上属于想象。

三墩又被称为兰里，这就涉及另外一个名人荀子了。荀子在此地的经历大抵是有迹可循的，不光三墩因为荀子之故而被称为兰里，在距三墩十多里地的良渚，还有座小山丘，也因为荀子而叫荀山。

荀子是孔子的再传弟子，名况，字卿，又称孙卿，赵国郇（今山西临猗县）人，他在当时享有显要名声。李斯、韩非都是他的学生。据说，荀子曾在三墩读书植兰，而兰花的馨香被美誉为“王者香”“国香”，并成为在政治上和道德上有着高尚操守的人的符号。荀子就在著述中常常用兰花来作比喻，比如在《王制》中说：“民之亲我，欢若父母；好我，芳若芝兰。”在《宥坐》中又说：“且夫芷兰生于深林，非以无人而不芳。君子之学，非为通也，为穷而不困，忧而意不衰也。”

那时的三墩河水清澈，荀子觉得适宜兰花生长，就开始在河岸上栽种兰花，这是三墩叫作“兰里”的由来。

大禹和荀子，在三墩留下了两个缥缈的影子，正如兰花的高洁，只是我们在仰望中内心的投影。但这种投影却构成了我们去解读三墩人文底蕴的望远镜。我们可以把这种情怀放大，拉近，这其实是我们内心的一种期许。

这种民间传说也许滋润着柴车，并给予他之后人生经历中的信念和精神的支撑，我们可以从柴车后面的经历去看。到了宣德五年，因勤勉任事，柴车被提升任兵部侍郎。在这个位置上，柴车开始绽放生命的光芒。

就任兵部侍郎第二年，柴车奉命查办大同被富豪世家占据的屯田，得田地将近二千顷，退还给军队。史书上的记载寥寥，在这些简单的文字背后，实际上可以演义出很多斗智斗勇的故事来，很多真相往往掩藏在表面之下。

朱元璋是穷人出身，定鼎后有着比较强烈的家天下的想法。这也导致了地方豪强的背后往往有藩王的影子。能够让他们把吃下去的土地吐出来，没有莫大的智慧和坚韧的品格是不可能的。这些事证明柴车有勇气也有智慧，对朝堂而言，是个合格的官僚。到了英宗初年，他被派往西部协助辅佐甘肃军务。

史书上记载柴车的这一段时期中的事迹比较多，大多集中在整顿军队作风上。比如，柴车多次上书英宗，据说多达三十余次，列举军队中的许多弊端，并陈述应对要策。当时，有两个叫刘广、后能的军官虚报战绩，冒功请赏。柴车获悉后，如实揭发检举，使他们受到惩处。

柴车在上书中有一段话现在读来还是有启发的。在朝廷对后能的惩处高举轻放的情况下，柴车固执己见："像后能这样欺骗假冒的人，实际上军队里有很多，臣正要依次审查核实。如果这次宽恕后能，用什么来约束众人呢？如果没有功劳而取得官职，那么舍弃生命、死于战争的人，用什么来对待他们呢？”

到了正统三年，柴车增加俸禄一级，他的很多建议在现在看来有着超前的见地。比如对降将，柴车认为：“大漠以北投降的人，朝廷留他们在北京，虽然给予显贵的爵位和丰厚的赏赐，他们的心志终究不同。如长脱脱木儿，昔日跟随他们的族长来归顺，不久反叛离去。如今又来归顺，怎知他以后不会再叛变？应该迁徙到江南，远离他们的同党。”

正是出于柴车这条务实的建议，此后这类降将大都安排到了河间、德州，柴车的维稳建议有效。这其实可以写上很大一篇论文，关于敌对势力之间分化和合作的话题。柴车的事迹大多发生在北方，江南鱼米之乡的文人到辽阔荒凉的北地还能够建立功勋的，不能说绝无仅有，但毕竟少有难得。

三

余杭骆家山前些年发现了明代墓地，位于杭州市余杭区瓶窑镇窑北村骆家山南坡，坐北朝南，已湮。现存石马一对，赑屃一件，均由整块太湖石雕刻而成。石马一对，头相对分列两侧，大小基本相同，高约 1.3 米、长约 2 米，腿脚部位均有小部分埋入土中。石马保存完整，整体显得威武强壮，仰首垂尾，鬃毛往两侧披散，马鞍线条较为简单。赑屃，头部残缺，身子近一半埋于土中，龟背纹理清晰，雕刻细致。

考证时有专家提出，此墓有可能就是柴车的墓，因为万历《钱塘县志·墓》有这样记载：尚书柴车的墓在大遮山西原（大遮山西原今称为骆家山）。

这墓是不是柴车的基本上可以落下实锤，这里插上几句后不提。我们再回到当年去看。

到了1439年，柴车升任兵部尚书，参赞之职不变。这个官衔对任何一个人而言都是一件荣耀的事，已是人臣的巅峰了，也许朝廷所取的就是柴车的耿介。在甘肃枯燥乏味的军营生活中，同僚常常设宴饮酒取乐，这也无可厚非。但柴车的律己在这里可以看出，他开始戒酒吃素，也许是策略性避免了同僚以为他不近人情的攻讦。

用这样的人，朝廷当然是放心的，基本上就是一个孤臣的形象。但有一个问题是我们读史时要考虑的。柴车这样的人，能够在官场纵横，是不是说明朝前期的政治相对清明，而后代尤其是清朝对明的历史污名化行动隐藏着许多秘密？

任兵部尚书不久，柴车又兼管陕西屯田，第二年召回，与佥都御史曹翼每年轮流出京镇守。在这一年，据说柴车回了一趟三墩，镇上有一座卸紫桥，相传和柴车当年荣归故里有关。当年，柴车奉旨回乡省亲扫墓，星夜乘船，他巴不得长上翅膀赶回阔别多年的故乡三墩柴家坝。

船行至三墩水月湖墩附近，两岸柳枝飘拂，皓月当空，月光和着河水荡漾。柴车看到此番美景，脱下身着的紫袍，仿佛还是当年那个苦读的学子。他示意艄公止桨，在停舟驻足中细细品味，过去的岁月也在这凝眸中流逝。

后来，故乡的人为了纪念柴尚书，在此建了一座石桥，取名卸紫桥。

一人得道，鸡犬升天的故事在这里还是有的。据说，当时从杭州到柴家坝只有水路，不能通官轿。为了解决这一不便，杭州府和钱塘县出资修建一条青石板路，从柴家坝一直通到官道，以便官轿出入。这条石板路的遗迹如今还可见。

1441 年，柴车出京镇守，他病了，而且很重，朝廷命令柴车回去治病。柴车没来得及启程，便在 6 月去世。

人去了，但柴车的故事并没有结束。民间有一出叫《柴尚书代皇出番邦》的折子戏，和《杨家将》里杨大郎代皇赴金沙滩的故事类似。这折戏的背景可能是“土木堡之变”，而柴车已在土木堡事变发生的前八年就过世了。

在这样的传说中，还有更悲壮的情节。柴车代皇出巡番邦，被瓦剌人看破其穿的不是五爪龙袍而是四爪龙袍，这是柴车不愿意僭越之故。瓦剌人心有疑虑。说来也是命该如此，此时一阵怪风，瓦剌人发现柴车未穿龙裤。瓦剌人顿时知道这是个假冒的，便将其杀害，并剥皮楦草，头颅抛掷沙场。后来英宗下旨赐金头以完全尸，归葬故里。为防金头葬后被盗，用十八口棺木同时下葬，唯有柴车女儿暗中留下记号，知道金头之所在，故当地有柴车真假墓地十八处之说。

故事的确悲壮，但大抵属于子虚乌有的演义，就像《说岳后传》里“气死金兀术，笑死老牛皋”的桥段一样，牛皋早已被一杯毒酒了结。民间的信仰和爱，有时候有一种不讲道理的蛮横，但又让人觉得很有趣。这或许是内心的一种精神“大数据”。

四

为什么会有这样的传说？带着这样的疑惑我去寻找之时，发现和特定的地域有着千丝万缕的关系。

比如说在三墩，曾经驻扎过大名鼎鼎的尉迟敬德。这可比柴车的知名度高多了，其在“玄武门兵变”中，助李世民夺取帝位，授右武侯大将军，封吴国公。后任襄州都督等职，改封鄂国公。君臣相得的佳话只是演义上说的，猜忌和忍让必不可少。到 643 年，尉迟敬德上表请求归养，授开府仪同三司。晚年修道闲居，闭门谢客。显庆三年卒。

李世民为了褒彰功臣，曾命人将尉迟恭与长孙无忌、魏徵等二十四名功臣像画在凌烟阁上。尉迟恭也是中国历史上少数成为“神”的名将。按照传说,他生前就和秦琼成了门神，镇邪驱鬼，以祛不祥。这个故事《西游记》里就有，也为我们耳熟能详，这里就不再复述。

这样的一个牛人，当年在江南大地上留下了诸多足迹，至少在我路过的许多地方，都有关于尉迟敬德的传说。三墩是他镇守过的其中一站。据说在尉迟恭镇守三墩期间，有一年洪水泛滥危及城郭。今天的三墩，洪水泛滥似乎只能出于想象了，但当时这里水域浩荡。沧海桑田莫过于把时间中的两者放在一起对照，我们会发现其中的变化正是时间所赋予我们的影像。

尉迟敬德是一员猛将，战功彪炳。时间会改变一个人的本来面目，就像他的亲密战友程咬金一样，留在时间里的形象是“混世魔王”。但实际上，在那个乱世之中，缺乏智慧的人别说是走到高处，就是能够生存都不容易。到正史里去看，程咬金的识人之明远在同僚之上，尉迟敬德也不例外。

回到在三墩的尉迟敬德这里来，面对洪水，他并无多少慌张，这或许是受到了大禹治水的启发。尉迟敬德下令士兵疏浚苕溪支流，兴修水利，还建造了大桥。

当时的三墩河道密布，河墩很多，但河墩之间没有桥梁，人们来往很不方便。他就叫士兵去山上砍斫杉树，以杉木为浮桥，让其中邻近的三个河墩相互连接。由于杉木连墩，故三墩始称杉墩。

我个人倒是觉得，三墩可能原来就叫杉墩，之后以讹传讹才成为三墩。这和先有鸡还是先有蛋的争论一样无法得出结论。

除了尉迟敬德，同样在唐朝，和南霁云齐名的雷万春也出生于三墩。这个也可能只是误传，原因我们后面说。雷万春当称得上是世之豪侠，和金庸小说里守襄阳的郭靖可堪一比。

雷万春成年后，是张巡的部下，骁勇善战，甚得张巡倚重。唐玄宗年间，安禄山谋反，雷万春奉命镇守雍丘城。叛将令狐潮率军包围雍丘城。雷万春立于城上，怒责令狐潮不应变节。令狐潮则命暗中埋伏的弓箭手弓箭齐发，雷万春虽然面中六箭，仍挺立不倒，令狐潮疑为木人。雷万春后来跟随张巡死守睢阳城，城破被俘，从容就义。

雷万春的这种豪侠行为散发着兰花般的馨香，就像后人在雕绘雷万春神像时，通常会在脸上留下六个黑点，代表当日所中六箭之伤疤。唐人对雷万春极为崇拜，江浙闽一带，塑雷之神像供奉的庙宇不胜枚举。因此，后人便有雷万春出生于此的误会，但这是一个美丽的错误。

不知道南宋时在此屯兵的岳飞，会不会和手下的将士们讲讲尉迟敬德和雷万春的故事。作为军人，这两人都是值得学习的榜样。从内心的少年情结而言，我多么希望岳飞能够学一点尉迟敬德的圆融，历史也许就此改变。但终究只是一个不可能实现的梦，岳飞那种执拗像极了雷万春。

柴车的童年，应该是在这样的故事背景下长大的。这就容易让我们去理解他中举出身，却能够在疆场上纵横驰骋。这样的乡土文化，能够孕育出柴车这般赳赳的男儿。

或许冥冥中有着这样的定数，在柴车故去多年之后，三墩或许还牵扯到了另外一段明朝波诡云谲的历史：张居正改革。

万历曾视张居正为师，但张死后，在朝堂百官的反扑下，万历开始了对张的清算。这种清算在历史上层出不穷，总让人读史时有着无名的悲哀：抄家，并削尽其官秩，追夺生前所赐玺书、四代诰命，以罪状示天下，只差开棺鞭尸了。张居正在生前权柄一时无两，但身后他的家人饿死的饿死，自杀的自杀，流放的流放，逃亡的逃亡，落得个白茫茫一片大地真干净。

在老百姓的认知里，这个世界不是那样残酷的。他们也许愚昧，也许短视，但内心终究有美好的愿望，尽管我们知道这是廉价的、虚幻的。比如在岳飞死后，人们可以演义出一个《说岳后传》，让岳雷继承父亲的意愿北伐，但这终究是小说家言。

兰里为张居正的悲剧开了一道小小的缝隙，说是张居正的部分后裔，逃到了三墩，并建造了张家祠堂。当然，这也可能是真的，在四十多年后，明熹宗恢复了张居正的官职和爵位，或让张家其中一脉得以保存。庙堂之高，风向的转变不是蝼蚁小民所能揣摩的，但民心所向，是不希望张居正一脉就此断绝。

闲读柴车，让我着迷于地方文化对历史的消解和重构。我们去读历史的时候，如果能够看到水底下淤泥里所隐藏的故事，那也许才是历史的真相。

时时回首白云低

——闲读历史之徐霞客

崎岖千水复千山，戒染清流忍垢颜。
鱼腹卧舟宁众谪，龙华寄榻转孤潸。
可怜濒死人先别，未必浮生我独还。
含泪痛君仍自痛，存亡分影不分关。

——徐霞客

一

一个人的四天三夜意味着什么？差不多是其一年中的百分之一。这个时间如果放到这个人的一生中，就更显得无足轻重了。对很多人来说，如果不是在战争等特殊状况下，这样的一段时间，充其量就是人生中的一个节点，或其一生小小的缩影。

但凡事都有例外，比如徐霞客金华之行的四天三夜，不仅留下了占《浙游日记》一半多篇幅的田野考察报告，还为后世之人留下了文化旅游的隐形资产。他的溶洞科学考察，大概是国人对溶洞研究的敲门砖。以我们现在的目光去看，就是徐霞客的游山玩水，游出了境界玩出了花样。

事实上，踞浙中大地的金华山对徐霞客而言并不陌生，加上这次对溶洞的科学考察，他一共四次踏足这座江东名山。然而，前三次的履迹就仿佛是前戏和酝酿，只有 1636 年 10 月的这一次，开启了徐霞客溶洞科学考察之旅。这一年，徐霞客四十九岁，将知天命。

徐霞客的一生，是在路上的一生。其实这世上的很多人，都是在路上的。徐霞客是江阴人，年轻的时候去应试，不第。大概是受到了伤害，或者说志不在此，徐霞客开始专注于旅行。在我想来，这一方面是因为徐霞客家庭的富足，另外一方面，可能是天性里的一些东西被激发了，科举失败打开了他的另一扇门。当他用脚丈量了大半个中国以后，六十多万字的《徐霞客游记》被时光留存了下来，并一次次地蝶变，给后人带来意料之外的收获。

从双龙洞这边出来，山上有一段当年的古道。我走了一会儿，阳光从树叶的空隙里洒落下来，让行走其间的人顿起萧瑟之意。古人无法想象我们今天交通的便利，正如我们无法想象当年他们旅途的艰苦。“金华山色与天齐，一径盘纡尽石梯。步步前登清汉近，时时回首白云低。”唐代诗人袁吉诗中的景色，也许是对徐霞客的一种馈赠。我们是看景看云，徐霞客是给自己加了任务的，对金华山的自然地理进行考察研究。

从局外人的角度去看，很难理解徐霞客的这份热爱，既非工作，没有薪酬可拿，亦没有人逼迫，完全是出于个人爱好。

也许，徐霞客是把大地当作了照见内心的镜子，而山山水水是他胸中的沟壑。比如他登上鹿田时，一种景象让他如此描述："东北石累累愈多，大者如狮象，小者如鹿豕，俱蹲伏平莽中，是为石浪，即初平叱石成羊处。相传有黄初平见白石乃叱喊'羊起'，白石遂变成羊群，岂今复化为石耶？"

这种天地之间的遐想，带给他的喜悦无疑是巨大的，以至于他的笔端轻盈生动，摇曳绰约。国外有科考专家这样评价徐霞客的游记："徐霞客游记读起来不像十七世纪所写的东西，倒像是二十世纪的野外勘测家所写的考察记录。"

也的确如此，在对金华山不吝笔墨的描述中，最令我感佩的是徐霞客对"金华三洞"的勘探。"朝真洞以一个孔隙漏下天光为奇，冰壶洞以瀑布溅起无数珠玉为异，而双龙洞则外面有两个门，中间悬着重重石帐幕，水中陆上都奇异，暗处明处都不同寻常。"

我们今天去看洞，在暗河和钟乳石的交相辉映下，由于灯光等的辅助作用，如梦如幻。但当年，这些深藏于山中的洞穴是神秘的，难以窥测的，毕竟，靠小小的火把或烛光，对这些洞穴的了解很难深入。我有一个朋友是探洞爱好者，即使是在今天，他每一次出发探险，总要安顿好家里的一切。黑暗深处，毕竟有许多莫测。

除了这三洞，徐霞客还考察了地处九龙的讲堂洞和兰溪的洞窗、白云洞、紫云洞、水源洞。最后，他还根据八个溶洞的优劣做了排序，认为："双龙洞第一，水源洞第二，讲堂洞第三，紫霞洞第四，朝真洞第五，冰壶洞第六，白云洞第七，洞窗第八。"

金华地区的溶洞英雄谱就此有了定论。"人生天地间，忽如远行客。"转一年，徐霞客就到了知天命之时，他继续远行，行走中记录下的文字，呈现出了更加具体的徐霞客，那是从他的肉体里脱壳而出的，有如蝴蝶的斑斓。

二

我一直好奇的是，在博求功名富贵以为人生之路的年代，徐霞客为什么选择了一条看上去极不靠谱的路。他著述的目的在他的徒步之始并不明确，甚至在后世找不到任何蛛丝马迹。

开始，他就是为走而走，这非常符合二十世纪时的某种哲学，但在当时，却几乎是一个神话。探究徐霞客这种性格的形成，不得不说到他的高祖，也就是他爷爷的爷爷，唐寅唐伯虎的好友徐经。徐经过世于十六世纪初，而徐霞客出生于十六世纪末。从时间上看两人并无交集，但肉体和文化的基因遗传却真实存在。

徐经自幼酷爱诗书，乐学不倦，同时他也有条件，家富藏书。梧塍徐氏所筑"万卷楼"中藏有大批从宋、元两代兵荒马乱中幸存下来的古文献。其中有不少天文、地理、游记之类的著作。钱福在《万卷楼记》中说："兹楼也，储川岳之精，泄鬼神之秘，究古今之奥，焕斗牛之躔，知不可以金谷、平泉视也。"

徐经的人生先甜后苦，在弱冠之年即 1495 年乡试举人，当时交好于唐寅（唐伯虎），两人莫逆于心。到了 1499 年大比之年，两人相约赴京参加会试。结果便发生了著名的鬻题舞弊案，说徐经贿赂主考程敏政，其实徐经、唐寅皆不在程敏政录取之名单中。但舆论依然汹汹，裹挟着当政者的取舍，两人便成为牺牲品，均遭削除仕籍，发充县衙小吏使用。

这个舞弊案在明史中比较著名，一直有着种种说法和让人迷惑之处。在这里不展开说，其根源或在于党争和科举制度的黑暗。三个当事人的人生走向，多少让我们明了个人在时代大势面前的无能为力，哪怕这大势是错的。

主考程敏政在愤郁中发疽而卒。

唐寅耻不就吏，返家后夫妻反目，自此成为桃花坞中人，"半醉半醒日复日，花开花落年复年。但愿老死花酒间，不愿鞠躬车马前。……世人笑我太疯癫，我笑他人看不穿。不见五陵豪杰墓，无花无酒锄作田。"

徐经对世界依然抱有天真的好感，他返乡后闭门读书，作《贲感集》明志。明孝宗宾天后，徐经在期待新天子的赦令里期望再返科举仕途。他甚至付诸了行动，第二年北上京师，却因为长期的抑郁导致体质下降，最终在旅途劳顿中客死广福禅寺，时年三十五。

对一个家族而言，徐经的陨落是沉重的一击。在此后近百年的岁月里，徐家维持着江南富庶之家的体面，但在仕途上却少有建树。这根源或在于徐经之事让徐家对官场有恐惧。到了徐霞客父亲徐有勉时，更是少了羁绊，不务正业到处游山玩水，犹如闲云野鹤，而读的书，也以历史、地理、探险、游记为主。有这样一个游手好闲的父亲，少年徐霞客无疑是幸福的，尤其是这个少年还有不同于常人的聪慧。

一切都是一种准备，包括明朝官场的那种黑暗和腐败。徐经的舞弊案，对徐霞客而言，都是为他的远行做的准备，只是他自己也不一定能够明白。

估计在当时的人眼里，徐家是个异端。徐霞客在十五岁那年，应过一回童子试，没考上。他的父亲徐有勉没有灌他从哪里跌倒要从哪里站起的心灵鸡汤，而是说算了，多看看书就好，考不上就不考了。这样的父亲，在传统的儒学之家极端罕见，尤其在乡土中国的富裕之家，几乎不可能。

这让我们可以窥见在十六世纪与十七世纪相交之际，一种在民间涌动的思潮，也许是它推动了人类文明的前进。更复杂一点地去考虑，和当时江浙一带浙东学派的务实之说也有千丝万缕的关系。

旁人不太看得懂徐霞客的选择。在此后数年，徐霞客看完了家里万卷楼上的藏书，但已然不能满足他对阅读的渴望，他到处搜集没有见到过的书籍，据说可以脱掉身上的衣服换书。徐霞客的读书不是装样子，是真的去读。当旁人问徐霞客相关内容的时候，他都能对答如流，但这样读书的目的是什么？

这样的天赋、这样的学养，不去应试做官光大门楣，只管优游岁月虚度年华，在时人看来，徐霞客应当是确凿无疑的浪荡儿。说起他时，大家也许在暗暗庆幸，好在不是自己的儿子。

三

徐有勉在徐霞客十九岁时过世，对一个家庭而言，这属于天塌下来了的事。尽管徐家在当时的农业社会属于殷实之家，但一家之主的辞世无疑会打乱诸多安排。徐霞客的未来在哪里？徐有勉的放任教育让徐霞客有了不羁而勇敢的心，但现在他挑得起家庭的重担吗？

三年后，在我们能够看到的记载中，徐霞客的母亲出现了。她的形象颇为清晰而知性，认为徐霞客应该出门远游，而不能成为盘旋于屋檐下的麻雀，“弘祖之奇，孺人成之”。

但这里有个问题是，她鼓励徐霞客游历的目的是什么？

徐霞客写书是后来的事。他一开始就是为走而走，走了五年之后才开始用文字记载自己的游历。这之前，至少在我们得到的信息上是一片空白。即使在之前有所记录，那么在徐霞客出门远游之始，我个人并不以为他能够规划自己的未来。

应该是在 1608 年前后，距离黄仁宇所写的万历十五年已经过去了十七年。神宗朱翊钧依然稳居深宫，他对帝国疆域的奇怪统治还有十五年左右。在他的身后，将是一个满目疮痍的时代的到来。

在徐霞客生活的江南，资本的思潮早已潜流涌动。受过伤害的人总是能够更确切地辨识方向。或许，这开始就是一次没有计划的出行，但造就了与那个时代截然不同的个人景致。

徐霞客的母亲为他制作了帽子，也就是我们通常会看到的远游冠。徐霞客挑着简单的行李出发了，从二十二岁走到了五十四岁。无论其间发生了多少惊心动魄的事，当我们去看时，却显得无比纯粹。

而徐霞客所栖居的那个时代，却不知不觉已经换了轨道。我们从徐霞客行走的时间去看当时的政局：他从万历三十二年左右开始出行，等到1620年也就是万历四十八年万历朝落幕，之后是即位短短一个月就驾崩了的光宗朱常洛，之后是明熹宗朱由校的时代，也就是大名鼎鼎的天启帝，再之后是崇祯帝的时代。

这个时代光怪陆离，关于当时的时局有着大量的资料和解读，这里我们不展开说。当时徐霞客沉浸于自己的行动，让四百多年后的我百思不得其解的是，徐霞客最初的游历是漫无目的的，我们可以把它视之为准备阶段，没有片言只语留下，仿佛就是一阵风。依然是之前说到的问题，徐家，包括徐霞客的母亲，在没有看到任何实质性的成果之前，为什么对他无条件地支持？

当然我们可以简单地认为是父母对子女的溺爱，但真相可能不那么简单，这种游历也许是一种等待。作为江南的地主家族，大致是属于那个时代的中产阶层：向上，需要契机和际遇；向下，子孙不孝，吃喝嫖赌败家也会很快。当时的时局，如果我们去细心体会，大致是密云不雨之局。

在这种时候，士绅阶层的选择意味深长，徐家把徐霞客放飞有其根本的立足点。后世我们去研究徐霞客文化的时候，更多的是出于他的果。

旅游和行走会上瘾。但从徐霞客的行为中，我们基本上可以说他有一个正常的价值认同。母亲在世时，徐霞客出游的时间都不会太长，甚至整年家居不出，有迹可循的，都未出游。

1625 年，宠爱他的母亲王孺人过世，之后徐霞客“不计程亦不计年，旅泊岩栖，游行无碍”。他的旅行渐渐成了传奇，就像徐霞客的连襟，宜兴人，翰林编修，崇祯皇帝的老师吴国华为徐霞客作《圹志铭》（传主尚活在人世时写的小传）中说：“最奇者，晚年流沙一行，登昆仑天柱，参西番法宝，往来鸡足山中，单装徒步，行十万余里，因得探江河发源，寻三大龙脉。”

这些真真假假的传奇在后世的演义中，无疑是一部斑斓的行走史。但我们需要明白的是，从量变到质变，徐霞客之所以成为徐霞客，得益于他所写的游记。要不然爱玩的人多了，即使有所发现，也大抵会被时光湮没。

到徐霞客四十八岁那年，在二十多年的游历中，《徐霞客游记》仅写了一卷，而在1636年至1639年，这四年，徐霞客写了九卷游记。在很大的一个程度上，徐霞客应该有时不我与的急迫感，在多年的游历之后，他开始有了替山川河谷发声的冲动。

四

在有意无意之中，徐霞客实现了一种个人在生活中的价值：百无一用，却成为一种取向。比如他的金沙江是长江的源头的观点，否定了《禹贡》中关于“岷山导江”的说法；他辨明了左江、右江、大盈江、澜沧江等许多水道的源流；他注意到植物与环境的关系，认识到地面高度和地球纬度对气候和生态的影响……

这些价值我们怎么渲染都不为过，但如果放在当时的场景下，那个社会大抵会把徐霞客当作一个荒诞之人。他的目的是什么？国人的价值理念中讲的是义利之辩，而当时的徐霞客无疑是后世具有拓荒精神者的穿越。正如英国剑桥大学教授李约瑟所说：“《徐霞客游记》读来并不像十七世纪的学者所写的东西，倒像是一位二十世纪的野外勘查家所写的考察记录。”

三次遭遇强盗，四次绝粮……“足泥衣垢”“煨湿薪，卧湿草”“足痛未痊”“膝肿痛不能升”“久涉瘴地，头面四肢俱发疹块，累累丛肤理间，左耳左足，时时有蠕动状。而苦于无药”……

这种种颠沛困境，大抵是当时的真实状态。能够理解徐霞客的，在当时应该是寥寥无几。这也使徐霞客对仅仅和自己相伴远游一年的静闻和尚无比怀念，在《游记》中二百四十多次写到静闻，这当然也是静闻挺身相救而中刀受伤的缘故。

1636年，徐霞客要远游鸡足山，静闻遂结伴同行。后至广西南宁，静闻病卒，遗嘱是：“我志不得达，死愿归骨于鸡足山。”静闻和尚圆寂后，徐霞客一连写下六首《哭静闻禅侣》，第一首是如此写：

晓共云关暮共龛，梵音灯影对偏安。
禅销白骨空余梦，瘦比黄花不耐寒。
西望有山生死共，东瞻无侣去来难。
故乡只道登高少，魂断天涯只独看。

这种情感一直延续到第六首，知音难求的寂寥一直在文字中萦绕。如果我们设身处地去想一下徐霞客当时的境地和遭际，还会不会认为他的苦旅是一种修行？

一番魔障一番憨，梦寐名山亦是贪。
井不及泉无论九，河难复渡尚呼三。

疲津此子心惟佛，移谷愚公骨作男。
幻聚幻离俱幻相，好将生死梦同参。

徐霞客最后一次出游是在1636年，当时他已经五十一岁，这次他最远到达中缅交界的云南腾冲。后不幸身患重病，终止游历被送回江阴老家。“好将生死梦同参”转眼成为现实，1641年正月，五十六岁的徐霞客病逝于家中。

徐霞客游历日记的整理编次，都是他的身后事。他的遗作经季梦良等整理成书，之后“世间真文字，大文字，奇文字”才开始广泛流传。徐霞客或许未曾想过其中的价值，他只是社会的边缘人。

五

我们习惯于盖棺定论后去看前人，这当然是人类全域视角的一种。但就我个人而言，我喜欢在代入感中去看前人。今天我们说徐霞客是地理学家、旅行家、文学家，当时这些光环笼罩过他吗？

中国的专业旅行家，大概是徐霞客之后才成为一种现实的生活方式，甚至在许多年之后才成为现实。这和传统士大夫的济世理想是对立的。原来，我们还可以有另外一种人生，它考验的是个人的学识、身体，以及见解，可以和那个看见中的社会平行而不是重叠。

让我们回到那个时代，套用一句颇显陈腐的话：“这是一个最好的时代，也是一个最坏的时代。”

这样的一个时代，注定是风云激荡的年代。当时，程朱理学疲态尽显，呈陈腐僵化之势。东林党人所倡导的经世致用的求实学风、崇实黜虚的实证思想、知行合一的哲学理念，对当时的读书人有着潜移默化的影响。

西学东渐，天文、地理、历算、建筑、造船、机械原理和地图测绘等远道而来的知识，引起了有识之士的关注。意大利传教士利玛窦、大明科学家徐光启等打开启蒙之门时，徐霞客是在十二岁左右。

一个人的童年和少年的教育会影响他的一生，也影响着他的道路选择。徐霞客正好符合所有的这些条件。幸运的是，徐霞客的家庭环境为他提供了这些并庇护了他。任何一个时代都是在最好和最坏之间，关键是看自己的选择。

很多人都有徐霞客成长的条件，但徐霞客只有一个。

满溪明目浸桃花

——闲读历史之黄宗羲和葛寅亮

> 廿年灵隐山中土，我向此间尚泪倾。
> 闻道野僧烧纸烛，更无片石志生平。
> 三番东渡交情在，一开西湖秋月明。
> 历历难忘当日事，白头愧我尚零丁！
>
> ——黄宗羲

一

明夷于飞，垂其翼。君子于行，三日不食。人攸往，主人有言。

这是《周易》六十四卦中的第三十六卦，卦象为“离下坤上”，即地在上，火在下。黄宗羲把它用到了自己最重要的那本著述的名字里。按照卦象去解释，太阳处于大地之下，即光明消失，黑暗来临，而患难中有智慧的人在等待。

这本书叫作《明夷待访录》，共计十三篇，抨击“家天下”的君主制度。黄宗羲在后世有“中国思想启蒙之父”的美誉，和这部书的传世有着很大的关联。

黄宗羲大概是我最早知道的历史名人之一，很有幸，和他是同乡。在余姚市中心的龙泉山上，有严子陵、王阳明、朱舜水、黄梨洲（黄宗羲）四位先贤的雕像。位于龙泉山南山腰的中天阁，建于五代，曾为王守仁讲学处，亦称阳明书院，现在是梨洲文献馆，冥冥中似乎暗示着两者之间的一种传承关系。我儿童时代最熟悉的去处就是这龙泉山了，所以对这四位历史人物比较熟悉。关于黄宗羲，孩子的时候觉得他是了不得的大人物，看看他的名字就知道了，那么大的一长串，字太冲，一字德冰，号南雷，别号梨洲老人、梨洲山人、蓝水渔人、鱼澄洞主、双瀑院长、古藏室史臣等，看得眼睛都要花了。加之他名字之前的头衔更是炫目，经学家、史学家、思想家、地理学家、天文历算学家、教育家……童心容易崇拜，对黄宗羲觉得神秘而不可测，这样的通才是何等了得！

略长大，被王阳明的心学所吸引，到了省城，黄宗羲于我，大抵就是故乡的一个符号。我重新去读黄宗羲，才发现了另外一种精彩。如果说王阳明是以精神和意念去完成人生的理想，黄宗羲则是人世的隐痛和行动。

一条钱塘江，把浙江分成了浙东和浙西。在时间的上游，一条大江无疑是天堑。我从余姚到杭州，如果按照以前的地理概念，就是从浙东迁居到了浙西。当年，白居易和元稹为浙东浙西哪里好打诗仗打得名作迭出，就是因为一条钱塘江。

从浙西再去看浙东，那就有意思了，比如以黄宗羲为标志人物的浙东学派。

二

浙东人才辈出，浙东学派的定义也不尽相同，广义上去看，指的是两宋时期的四明学派、明代的阳明学派等；从地域的属性上去看，这些学派的代表人物均是浙东人士；更深一层去看，在学术理论上也有一定的传承关系。比如王阳明成就事功的价值观，直接导向黄宗羲所提倡的“经世致用”的本源，把他们统称为浙东学派同样妥帖。但我们常常说到的浙东学派，在传统学术中盛极一时，概念上就是特指明末清初以黄宗羲为代表人物的浙江学者。

大致上可以把这些人纳入浙东学派的核心圈，黄宗羲、万斯大、万斯同、邵廷采、全祖望、章学诚、邵晋涵等。他们基本生活在宁波、绍兴一带。当时的浙江，现在讲起来实在是人文鼎盛，浙西学者有桐乡张履祥、吕留良，钱塘应为谦，平湖陆陇其，嘉兴朱彝尊，等。但无论浙西还是浙东，追溯一下，皆出自宗师刘宗周（就是大名鼎鼎的蕺山先生，明亡后在六十八岁绝食殉国）。浙东学术偏重史学研究，治史以经史，“贵专家”；浙西学术尊朱以经世，“尚博雅”（章学诚语）。

在这里，结合当时的时间点，最为惊世骇俗的思想当是黄宗羲所提出的“天下为主,君为客”。他以为“天下之治乱，不在一姓之兴亡，而在万民之忧乐”，并主张以“天下之法”取代“一家之法”。这些想法，到了现在并不稀奇，但想到它诞生在明末清初,就会觉得惊讶。此后不久,“清风不识字”的文字狱正要张开血盆大口。

乱世也许是思想启蒙的最好时机。黄宗羲的这种思想，如果我们抽丝剥茧般地去追寻，其源头还是儒家思想某一分支的延伸，是“民为重，君为轻”思想的深入。这种思想被小心翼翼地捂了数千年，需要一个勇敢的人把它说出来，而黄宗羲恰好有猛虎般的性格。

我们可以回头看看他的青年时，他的父亲黄尊素，曾担任过监察御史，1626 年年初，被诬告贪污后抓捕，随后被拷打致死，年仅四十三岁。死后五天，黄尊素的尸体才被人从监狱中挪出，当时全身已经腐烂，十七岁的黄宗羲其时一直在狱外等候。两年后，崇祯清除了魏忠贤等阉党，开始为被害的东林党平反。血气方刚的黄宗羲回到京城后，在袖子里藏着一根铁锥，以锥击刺阉党党人许显纯，殴打崔应元，在朝廷审讯阉党党人李实之时，又以锥刺李实……

但这种热血之后，黄宗羲旋即沉静下来。他师从儒学大家刘宗周,得蕺山之学,苦读史书,由明代《十三朝实录》开始,进而遍读“廿一史”。这种读史，对整个中国社会历史进程的思考无疑是深邃的，后世被称为“黄宗羲定律”的发现大概是他的悲悯所在。历史上，赋税改革历朝历代都有，目的大多是为了减轻农民负担，改善国家财政。但每次税费改革后，短时间内农民负担确实有所下降，随后又增长到比改革前更高的水平，国家财政最后也得不到改善。

这种周而复始的循环仿佛一个死结。国破山河在的时代也许给予了他更多的思考。黄宗羲和同代人反清复明的故事这里不再多说。唯一对我而言有点疑惑的是，黄宗羲近五十岁的那年冬天，渡海东赴日本长崎，乞求日本方面出兵。从日本黯然返回后，黄宗羲剃发归顺，或许他已知天命。

在日本黄宗羲的遭际是一个谜，也让他的思想发生了潜在的改变：为何而亡？从中国传统的认知来说，向日本去借兵无疑是种羞辱，而且还没有任何成果。

三

黄宗羲的同时代人中，很少有人有他这样的高度和世界观，即使是我们所佩服的人物。比如说在我的居住地杭州，西边有风景称为龙坞，以前是杭州的郊区，是黄宗羲到杭州时免不了的要造访之地，近年随着城市的拓展渐处中心区域。它的独特是因为在历史上，差不多比黄宗羲略早一点，也就在晚明，这里人才辈出。一个时间点上人物的集中涌现，暗中有着其内在的逻辑。

葛寅亮、陈之煌、郑尚友、冯来聘、陆培、陆圻、陆堦、江元祚、江浩……这些在史册间留下名字的人，他们都曾经生活在这里。从我的视角去看，慈母桥和横山草堂是这个逻辑的起点，这也是今天依然可以看到的旧痕所在。当时生活着的人也许不知道，那是一个风起云涌的大时代。在那个时代之后，能够坚守传统文人风骨的越来越稀少，中国的精神在此后的二三百年中被一次次地中断。当年聚集在慈母桥一带的文化人，有些成为识时务的推波助澜者，不识时务的大抵以一种决绝的方式告别。

慈母桥因为官至工部尚书的葛寅亮而知名，在这里先撇开黄宗羲说说他。

我们来自哪里？从生命的源头去看，母体是最直接的来源，而对葛寅亮而言，一座慈母桥为他沟通了明和暗，现实和理想。幼年时的场景历历在目：龙门溪并不宽阔，可涉水而过，所以没有桥。葛寅亮母亲的娘家在龙门坎，每年清明、冬至两节回娘家探望，此溪必过。这两个节日的溪水冰凉彻骨，母亲坚持背着葛寅亮过溪。葛寅亮功成名就时，母亲早已亡故。

母亲的厚实如大地。也许是在某个月夜吧，葛寅亮忽有所感，要在这龙门溪上造一座桥，这也是他通往母亲的桥。这一座桥也成就了之后的一个村名：慈母桥村。

这座小桥也通往我们所要去的历史的彼岸。那里，生活着一群衣袖飘飘的人，他们面容清癯，目光清澈，有人诙谐，有人端庄……

有据可查的是，龙坞的葛姓来自东阳葛宅。

现在的史料上，对葛寅亮出生前后的表述多有自相矛盾的地方。比如有一种说法是，他的父亲葛大成和祖父葛廷禄乐善好施。

在明朝嘉靖、隆庆年间，钱塘县定北乡朱桥到百丈山东南麓有一片当地人称闸里田的千顷良田。只要没有遇上特别严重的天灾，闸里田通常年年都有好收成。

这全靠了陡门闸的重建，使得百丈山一带的溪涧山水得以汇集、贮存下来，再也不会像周边其他村落那样，山田苦旱，江田苦涝，年成好坏都要看老天爷的脸色了。所以，陡门闸又被乡民美称为千金闸。这座千金闸，是葛廷禄和葛大成出资重建的。

但这和葛寅亮的生平颇有矛盾之处。史料上的一种说法是葛寅亮快要出生时，其父到外大桥请接生婆，走到流芳岭时，得知儿子已呱呱坠地，时值寅时，天亮，故取名为寅亮。

葛寅亮落地时，竟连草纸等必用品也无着落，满地血水，所以前面说到的慈善基本应该不是。

等到葛寅亮日渐长大后，却是一个读书种子：乡试第一，之后在 1601 年的殿试中举成为进士。

比较靠谱一点的说法，葛寅亮发迹后，在午山斥巨资建造了陡门闸，以灌溉当时的定北农田。田农在陡门闸车水灌溉，每年只需交三升闸谷，以此维持闸门维修和经营管理的开销。凡葛姓人氏前来车水灌田，则一律免收闸谷，此规定一直延至 1949 年以后。在当时，寅亮公还建造了陡门庙，以此提供给农户们放置水车、谷栈等农具之用。此外，葛寅亮出资重修龙门寺，并在葛衙庄建有别业，匾额取名为“江南堂”，成了当时葛衙庄葛氏的堂名，并一直沿用至今。

葛寅亮对亡母的思念是真真切切的，并且有很多行动。比如他在长桥建造大亲庵，在袁浦东杠子建起小青庵……这种行为，在以孝为道德基础的社会背景下，无疑有着教化的那一面。从精神层面去分析，葛寅亮对母亲的感激更为复杂，他是庶出，他的生母系葛大成侧室。

在礼教盛行的年代，庶出便是一宗罪，葛寅亮成长中的艰难可以想见。葛寅亮的幸运在于葛家的和睦，所以他的孝道也不仅仅是对早逝的母亲，对抚养他长大的祖母同样也是。

葛寅亮在殿试中所写制艺文章则为当时冠。主考官冯琦十分赏识他的才学，想引荐他进入翰林院为庶吉士。但葛寅亮为了就近方便照顾祖母，更希望授职于南都（即金陵），因此谢绝了冯琦的邀约，被授予南京礼部仪制司主事（正六品）。

葛寅亮之死则具有东方的骑士色彩。和刘宗周一样，他也是绝食而亡，但更有悲剧的意蕴。当时，他誓不踏清朝地，不吃清朝饭，并搭起三丈六尺高台，只身坐在高台之上绝食而亡。

不食周粟的明朝版故事在葛寅亮身上上演，在进士出身后，他一路从南礼部仪制司主事、迁祠祭司郎中、督学，至户部侍郎，锦衣玉食多年，还能有这样的血性让人肃然起敬。

这和葛寅亮的皮囊里藏着王阳明的灵魂有关，行和言的一致性体现在他的行为准则里。葛寅亮曾创建阳明书院等社学十二所，并著书多部。

黄宗羲和葛寅亮所经历的是同一个时代，甚至他们的哲学都来自同源，但所采取的对抗方式却迥异。

四

“名实咸备，体用兼收，学问为真学问，而不涉于虚无，事功为真事功，而不流于迂阔。”这是当时的人对葛寅亮的评价。他的一生，从根本上去看，就是儒家精神的体现。1607年，他向当时的礼部侍郎叶向高建言，重建了南京的先贤祠，祭祀自三代泰伯、范蠡以来直至南宋的朱熹、张栻、真德秀等四十一位“先贤”名人，并增祀苏轼。他还对黄观、方孝孺祠进行了拓新，恢复了盛唐颜真卿始辟的南京青溪鹫峰寺放生池……

润物细无声。忠烈遗址的建设，是出自葛寅亮的一种教化手段。他要把这些先贤的精神汇聚成河，而后来者可徜徉于其上。葛寅亮对先贤的凝视，也许是对儒家文化的一次回溯。

人心的复杂和吊诡在于，这种顺应世道的举动，居然遭到了官学和地方豪绅的攻讦，并被弹劾。有才华的人总归是有脾气的，葛寅亮索性“引疾归里”。对明朝后期的那个官场，他的闭门谢客表明了自己的失望，但对那个世道，终究是要做些有益的事吧。于是他在西湖南岸九曜（南屏）山下辟筑精舍，读书、讲学，以发扬孔孟儒学、扶掖名教为己任。

这种出世和入世相互纠缠的态度，不亢不卑。也许是人生中的转机，到了 1611 年，葛寅亮被朝廷重新起用为江西布政司右参议（从四品），实任九江兵备道。两年后升江西按察司按察副使（正四品）。再两年，任江西布政司参政。

查阅史料可以知道，葛寅亮的学问并不是看看说说的，他胸中实有沟壑能够经世致用，这和他所服膺的王阳明的精神是一以贯之的。他对税监官李道及其黑恶势力的抑制和打击，对灾民的赈济，对水利的兴修……兢兢业业，成绩瞩目。

葛寅亮决定传道，或许是出于在杭州讲学的启发，或许是出于对衣钵传承的考虑。在九江城南郊小匡山，葛寅亮创建阳明书院，崇祀、弘传王阳明及其心学，并为建院作文。葛寅亮又先后捐俸重修白鹿书院和濂溪书院，捐资助建星子县和都昌县的儒学，并设立小学十二所。

姜燕、李太虚、江曰广、艾南英等他所赏识的学生，日后皆成为名臣。

在江西的葛寅亮，没有在政治旋涡中败下阵。他“无纤芥可污”，使得“眈眈谋以蜚语相中”者无计可施，但却被疾病所困扰。据说，当他因病乞休时，九江士民奔请遮留者成千上万，而他在成千上万人的眼中，“行李萧然，图书数箧而已”。

那一晚，葛寅亮在白鹿书院的院子里，月光如水，和书院诸生杯酒言欢，期待殷殷，至天明，拂衣就道返回杭州。

重还故里，葛寅亮仍讲授儒家经典于西湖南岸。但未满一年，1616年，朝廷起用他为湖广提学副使，赴湖南学政之任。

在一个浑浊的环境中，一个人要独立于世洁身自好何其艰难。熟悉历史的人知道，明朝官场门户林立，结党营私者众，官与官之间要么是利益共同体，要么是对手。一个“未尝知有门户，生平止孤蹇自安，即交际竿牍，多从谢绝。自觉才情局促，御李无由，而无能仰附于门户者也”的人，他的处境是可以想见的。

葛寅亮被弹劾选士失察失职，官职降二级。他内心的愤懑可想而知，正巧他父亲葛大成去世，按惯例辞官返家守制。此后一段时间，林下幽栖，庐居读礼，研习理学，对官场他是绝口不提。

葛寅亮再度出山已是崇祯朝了，1631年，朝廷再度起用他为尚宝司卿。两年后，赴山西主持乡试。当年夏天，葛寅亮擢升为右通政，奉诏与廷臣商议宽政恤民。

泱泱帝国日薄西山，帝国的弊端有心人都是看得出来的。从根本上来说，葛寅亮是温和的改良派，他寄希望于崇祯。比如，葛寅亮历数民间各种苛捐杂税搜括之弊，呼吁朝廷大力节省开支以纾民困，而崇祯也下令采纳奉行，当时君臣相得可见一斑。

也许是葛寅亮错判了崇祯为政的底线，到1636，因反对“革各省郡倅、县尉，改设练总及请加派以充练饷”，葛寅亮被罢官，遭到下狱议处的严厉处分，直到1639年才获释还乡。

到了1646年8月，南明隆武政权灭亡。此时，年逾古稀的葛寅亮僻居乡村，情知大势已不可逆转。对已经消亡的大明，他回望时，有伤感，也有慰藉。那个时候，他决定了以死明志，时年七十七岁。在我看来，葛寅亮的死，很难说是殉国，更多的是殉于一种理想。

作为葛寅亮一生的备注是：他辞世后，继室胡淑人扶其灵柩归还杭州，随后自缢以殉。此外，当时还有另一种说法是，葛寅亮下葬之前，胡淑人奋身殉夫，以头触棺钉而卒。

后面的这种说法，多半是时人的演义，更加波澜壮阔和戏剧性。死是残酷的，但胡淑人的死，是一种追随，也让葛寅亮之死多了一抹暖色，是漫长黑暗降临之时隐约的星光。

旅日之后的黄宗羲，回来后却采取了另外一种务实的对抗形式。比如，黄宗羲认为历史研究必须经世致用。同为心学一派的友人，万斯同强调生之谓变，全祖望主张旁罗博综和推原其故。

在黄宗羲等人看来，人生来就是自私自利的，因此君主和天下人具有平等的权利。君主的所谓“公天下”也只是他自己的私，“为天下之大害者，君而已矣。向使无君，人各得自私也，人各得自利也”。

个性、个体、能力、功利、注重实际，这些浙江人文精神的重要表征，大抵从浙东学派这里开始萌芽，浙东学派强调民富先于国富，反对空谈义理，主张义利统一。这种传承甚久的浙东之学早在两宋就被朱熹斥为“专事功利”。但这切合商品社会的基本发展元素，也成为江浙一带的文化基因和文化自觉。

在浙东学派的发源地，也就是宁波鄞州、余姚一带，现在留有白云庄、龙虎草堂等遗址（或当代修复）可供追思。在我读史之时，发现黄宗羲从日本归来后，他把反清的行动，转化为对国人思想的启蒙和对文化的改造。他以为这更加实际，比如让学生通过科举进入统治机构发挥作用诸如此类。实际上，黄宗羲开始期待于他日。

黄宗羲的两个弟弟黄宗炎、黄宗会，好朋友吕留良等人，和黄宗羲终于分道扬镳。

> 大丈夫行事，论是非不论利害，论顺逆不论成败，论万世不论一生。
>
> 天下为主,君为客。然则为天下之大害者,君而已矣。为天下，非为君也；为万民，非为一姓也。
>
> 山泽之利不必其尽取,刑赏之权不疑其旁落,(法律)贵不在朝廷也，贱不在草莽也。

在什么样的哀痛和沉思中，黄宗羲才能有这种先行者的真知灼见？这些真知灼见又是知音难觅。也许在他的内心，他写了那么多的书，博古通今，却依然是失败的一生。所以到八十岁之后，他留下遗嘱：散发裸葬。

是什么样的哀痛让他做了这样的决定？他希望自己躺在石棺里，期待躯体在死后迅速腐烂，尘归尘，土归土，赤条条来去无牵挂，来于虚空，去于虚空。那么，他对自己的一生是一种自我否定，他认为可能并没有多少价值。

黄宗羲和葛寅亮像是心学这株树上的两个分叉，都有各自的姿态和斑驳，但摇曳中相互间有着影响。从后世去看，大抵葛寅亮属于正统的那一面，而黄宗羲有着叛逆之气。王阳明当年种下的因，结出这样的果，可是他能够想到的？

五

在龙坞，和葛寅亮同时代的，还有一个叫江元祚的书生。他们的生活轨迹颇为重合，就像我们在微信里共享实时位置时，两个点之间彼此靠拢，但却没有清晰地记载两者之间的重合。

江元祚应该比葛寅亮小几岁，就住在慈母桥附近，他的身份是藏书家，三十八岁得朝廷博士称号，但不愿为功名利禄，隐居于钱塘，在慈母桥边的横山建有别业横山草堂，著有《横山草堂记》。江元祚建的藏书楼，号“拥书楼”，广储图史，左史右经，以读尽楼中藏书自乐。葛寅亮建慈母桥是出于孝道，是对母亲的思念。江元祚编辑有《孝经大全》。对于孝，包括黄宗羲在内，三人应当是共通的，或者这就是一种文化的积淀，但表现出来的却又千姿百态，都在动静之间。

在目前所能找到的文字中去寻踪，《西溪梵隐志》中说横山草堂“在六松林畔，有醉山阁、拥书楼、藏山舫，有亭、有桥、有田、有石”，艳雪居、挂屐寮、聚花阁、云肆、筠幕、漱雪、鹿藩、松封阁、蓄翠泉、云髻轩、却月廓等。

我们现在知道横山草堂就在慈母桥周边，但到底在哪里却已经不可考。时间如风，吹着吹着就乱了山色和旧时的模样，反倒是江元祚的声名在很多年后还能隐约可闻，没有湮没于时间的浩荡中。

在这片土地上，当时还有一个姓江的才子，却是黄宗羲的好友，他是江元祚的族兄江浩江道口。他颇具江南名士的风度与襟怀，其时，知名度不在江元祚之下，和葛寅亮有没有交集我们不知道。他生性好饮，喜读兵书，经常挟酒兴发表一些奇伟倜傥、见解独到的言论与心得。从一般的角度去看，这个人有点不着调。好像也是，他并不把科举功名很当回事，注重和追求的是读尽圣贤书。当人们扼腕叹息他的屡试不爽时，他并不当回事。

黄宗羲把江浩引为知己，他到杭州，习惯寄宿于横山江浩的蝶庵。

庄周梦蝶，人生如寄。蝶庵正是脱壳于此，正如李商隐在《锦瑟》中说，“庄生晓梦迷蝴蝶”，世事如梦，青春空逝，惆怅难免，迷茫难免。在当时得享盛名的蝶庵到底是什么模样？这个可以从两个人那里管窥。

一是嘉定刻书名家马元调。1637 年初夏，他专程来游钱塘横山，后来在《横山游记》中如此记述蝶庵："蝶庵者，道阁藏修精舍，径在绿香亭外。沿溪得小山口，绿阴沉沉，编荆即是。秀竹千竿，掩映山阁。历磴连呼，衡门始豁。升堂坐定，寂如夜中。仰看屋梁，大字凡四：'读书谈道。'心胸若披，乐哉斯人！"

二是大名鼎鼎的钱谦益也慕名到访过。1641年，鸡皮鹤发的钱谦益却是春风得意马蹄疾，名妓柳如是钟情于他，把臂同游西湖后，转道去了蝶庵，并赋《横山题江道阁蝶庵》七律一首："疏丘架壑置柴关，冢笔巢书断往还。尽揽烟峦归几上，不教云物到人间。萧疏屋宇松头石，峭蒨风期竹外山。莫殢蝶庵成蝶梦，似君龙卧未应闲。"

江浩和江元祚这对族兄弟倒是惺惺相惜，比如江浩这样写横山草堂："拥书楼外起凉飕，松声谡谡韵如丝。松下芙蓉开几枝，轻红缟碧相参差。主人病起客过之，蒲团就华坐移时……"

和务实的葛寅亮相比，江浩对时局有着更清晰的认识。他曾拟写了一份"万言书"，准备上交朝廷，以图重振朝纲。但最终却放弃了，也许在他看来，朝局非个人之力所能挽回。即使他的万言书能够送到皇帝陛下的手中，但又能如何？

1644年，北京被李自成农民军攻占，明亡。江浩深入到位于横山大岭深山密林中，住进一座小屋，削发为僧，起法名济月，从此身不出山，天天诵读佛经，绝口不谈山外世事。

除了少数追随江浩的弟子，世人也许已经遗忘了这个翩翩浊世佳公子。一些年后，江浩预感到了自己的死，他甚至有所期待：“天下如是，我哭也无益。大概自己也不久于人世了吧！”

他终于化蝶而去。

“风流总被、雨打风吹去。”当年啸聚横山，踏过慈母桥的那些步履，渐渐在山岚的聚散中渐行渐消。那些慷慨激昂，那些以天下为己任的抱负也凋零成明日黄花。

许多年后，人到晚年的黄宗羲，有一回重过杭州，在江浩的长眠之地涕然泪下，赋《过冯俨公悰江道阍浩墓下》一首：“廿年灵隐山中土，我向此间尚泪倾。闻道野僧烧纸烛，更无片石志生平。三番东渡交情在，一开西湖秋月明。历历难忘当日事，白头愧我尚零丁！”

当年引为知己的这些人，在大时代到来的时候都有各自的选择。马元调，在明亡后，固守嘉定城绝不投降，死于嘉定屠城。同时代生活在钱塘泗乡桐坞的三陆，陆圻、陆培、陆堦，其中的陆培为葛寅亮弟子，在明亡后曾结聚义士数百人，打算保卫家乡，在杭州陷落后自尽殉国，时年二十八岁……

这种男儿的血性并不是每个人都有的。钱谦益，当年作为东林党的领袖之一，携美同游时是何等风光，之后却降清为礼部侍郎，为世人所诟病。

那个时代像是举行了一场盛宴，宴席终了，人群散去，只留下传说和苍茫。我有一日走过慈母桥，感念于国人的孝之所在，凝视水影时，水波荡漾，我们能够看见什么？那个时候，我突然想起黄宗羲，他走过这座桥时想到过什么？

江浩的另一个后世知名的朋友张岱是伤感的。在《西湖梦寻》中，他说：“余谓西湖真江南锦绣之地，入其中者，目厌绮丽，耳厌笙歌。欲寻深溪盘谷，可以避世如桃源菊水者，当以西溪为最。余友江道阁，有精舍在西溪，招余同隐。余以鹿鹿风尘，未能赴之，至今犹有遗恨！”

这是一个时代的终结，也是另一个时代的开始。当我们走过这些人留下传说的地方时，如果听到风中的声音，也许那是久远年代的战栗，抵达了我们的耳膜。开阔的时代也好，逼仄的时代也好，很多人终究都要被雨打风吹去。但有些人，在时间里，他们依然活着。就像黄宗羲写过的一首绝句：“倦钩帘幕昼沉沉，难向庸医话病深。不信诗人容易瘦，一春花鸟总关心。”